隱山

山居日月筆記

葉曉文　繪著

作者簡介

葉曉文（Human Ip），香港作家及畫家。曾獲
青年文學獎小說公開組冠軍。愛好自然郊野，近
年投身自然書寫，出版圖文著作《尋花──香
港原生植物手札》、《尋花 2》、《尋牠──香港
野外動物手札》、《尋牠 2》及小說集《隱山之人
In situ》，最新作品為《隱山：山居日月筆記》。
現為尋花工作室 FloreScence Studio 主理人。在
香港熱心推動自然書寫，近年與多間大學和機構
合作，舉辦講座、畫展、野外導賞、創作坊等。
二〇二一年於荔枝窩成立有機農場「隱山」。

目錄

第一章｜紀年

辛丑：牛年　　　　　　　　　　　　010
癸卯：兔年　　　　　　　　　　　　018
甲辰：龍年　　　　　　　　　　　　024

第二章｜四季

立春：香港正菜　　　　　　　　　　036
春分：雨霧中的古樹　　　　　　　　044
夏至：三伏天如何過？　　　　　　　050
立秋：秋播季節　　　　　　　　　　058
冬至：一早一晚還是有雨　　　　　　065
花月：隱山的食用花　　　　　　　　071
荔月：離枝的果實　　　　　　　　　079
瓜月：收瓜了　　　　　　　　　　　085
菊月：花之隱逸者也　　　　　　　　092

第三章｜日月星辰

初一：披著星光夜行　　　　　　　　102
十五：潮汐漲退中的生命躍動　　　　110

農曆新年：除舊歲、做年糕 117

清明節：祭禮與茶粿 124

端午節：客家糉 132

香港特區成立紀念日：颱風下的牠們 140

中秋節：山中日月 148

聖誕節：麂鹿與冬候鳥 155

第四章 | 時光

晨曦：黎明前的露水和晨間的鳥 166

黃昏：牛群到哪裡睡覺 174

午夜：夜裡蛙蛙叫 182

一炷香：山中的蚊蟲 189

附錄一 | 小說：牛妹 199

附錄二 | 二十四節氣 226

附錄三 | 十二月令 230

農夫們的生活時光，
彷彿仍以千年來的傳統曆法，
去理解季節更替的規律。

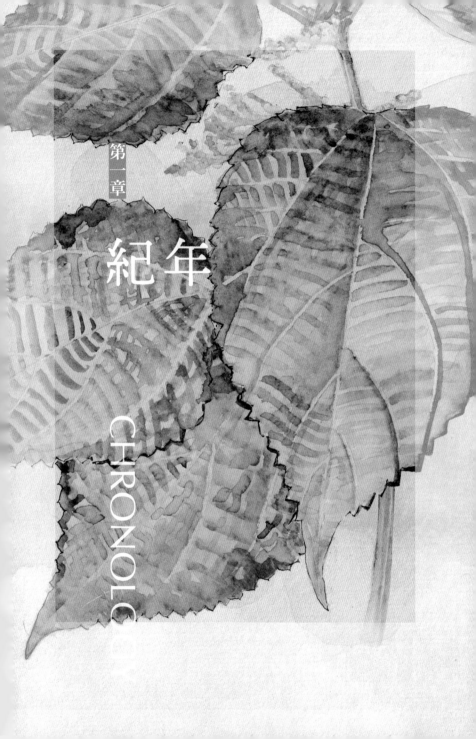

第一章

紀年

CHRONOLO

辛丑 ｜ 牛年

二〇一三，癸巳蛇年。

我仰望大樹楓香，覺得自己像一塊落葉，葉綠素缺失，非常疲累。冬風吹過，枯葉被主幹拋棄落到水中，從上游飄浮到中游下游，隨著命運的溪流。

世上事物擁有千姿百態，把它們放上心頭品味，將情致辨清，就懂得了物之哀。「物哀」是一種偏於哀思又空寂的感懷，含著悲的調性，在自然環境與無常中，由悲美觸動內心愁緒，轉化為獨特的美感。美好事物終必消逝。極美之後，伴隨著凋零，又美又無常。

我幾近枯萎，幸好那年，大自然將我接住，再輕輕放回河岸。日光透過樹梢的縫隙，斑斑點點照到我的身上。濱邊的植物悄悄發芽，生機彷彿勃勃。即使是在生命看似即將終結的時刻，大自然的循環與更新，那些在生命過程中被拋棄的部分，仍舊被給予某種重生的希望。

二〇一四，甲午馬年。

出版《尋花》以來，我與大自然的關係愈趨密切，愛上自然的質樸，經常頻繁地、單人匹馬地走到野外，渴望真真正正與這片大地連結。

曲水有情，石頭淨潔沉穩；那些年抑鬱受挫，當時確是自然界中那些細小柔微的花朵給予安慰，讓我轉移視線，慢慢走過那些險峻的幽谷。

小野花、石上青苔，甚或根本不開花的低調蕨類，都足以讓我賞味半天。當初的我並不知道，香港這個「彈丸之地」、「石屎森林」，竟也有原生植物二千一百多種；雖然沒有園藝植物的瑰麗，但原生植物擁有著原始而強大的生命力，更能適應本土環境及氣候。

園藝植物往往僅是盆土與植物的關係，遍佈四方的原生植物卻是與整個大地互相呼應。

於是我也特別喜歡 in situ 這個詞，是一個拉丁文片語，指「在原本位置」；進行 in situ 在地研究，人們便能發現研究對象如何在同一片土地世世代代地，與環境及附近物種產生互相依存的親密關係。

動植物間或掙扎求存、或相依相親，種種關係令人充滿聯想，為我提供更多創作上的可能性。

香港四照花
Cornus hongkongensis
山茱萸科
Cornaceae

蕨類植物
Pteridophytes

二〇一八，戊戌狗年。

撰寫小說《隱山之人 In situ》時，我發現位處荒蕪「郊野」
與繁榮「城市」之間，其實也有一大片十分曖昧的地帶，正
是鄉村和農田。

二〇一九，己亥豬年。

社會最動盪的日子，我進駐遙遠的新界東北梅子林村參與藝術活化計劃，主職為荒村房子外牆繪畫生態壁畫，希望能透過繽紛的畫作，打破這裡以往的廢墟形象。梅子林村總是散發著一股隱世村落的氣息，上世紀八十年代以後，原居民全數遷出，偶爾週末才有一兩戶人家回來打掃，人跡罕至，卻成為野生動物的樂園。

這的確是一段不尋常的時光，在紛亂的時勢裡，它恰好成為避世天堂。後來又認識兩位於鄰村荔枝窩工作的農夫，遂萌生合作念頭。

二〇二一，辛丑牛年。

我開啟了斷捨離的一年。

斷捨離常用在日常生活、人際交往、思考方式等方面。我是巨蟹座，念舊又喜歡儲物，舊居總積存過多的雜物；情感上也一樣，留戀著早該灰飛煙滅的回憶。我羨慕落葉喬木，冬天時把身上的葉子統統甩走，落得一身輕盈，還利用過去的經驗滋養自己——風吹枯葉落，落葉生肥土，落葉分解後變成腐植質，能改善土壤條件，對樹而言，落葉，不一定要掃得乾乾淨淨。

也許「牛年」就是一個啟示；這一年神推鬼磔地開墾了田地、成立了小農場，甚至決定搬到偏遠鄉郊居住。荔枝窩

位處香港東北一隅，背山面海，屬隱世良地。隱山農場
（Farm In-situ）敲定於此地扎根。現在，隱山之人有塊小
田，租間屋，種了些美麗花果和有機玉米，讓未來有了寄託
與希望。

「小隱隱於野，中隱隱於市，大隱隱於朝」是中國古代的道
家哲學思想。白居易說：「大隱住朝市，小隱入丘樊」，「隱」
於「山」林的人，厭倦於繁亂的社會現實，需要置身清靜山
林，以達到心中的平和境界。

第一年的隱山

山中的生活一般都淡泊，沒有享受，沒有過多資訊，周圍都
是動植物，奉承和權力均無必要，四周寧靜，溪水清澈，
空氣通常良好。依山傍水，夾於山邊海岸之間的荔枝窩平
地，房子常被隱沒在雲霧裡，四周圍繞濃重的郊野濕氣，把

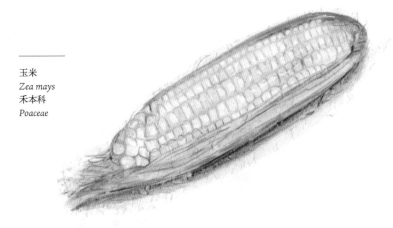

玉米
Zea mays
禾本科
Poaceae

糞金龜（康蜣螂）
Copris confucius
金龜科
Scarabaeidae

種子輕輕埋在土中，不出七天就會萌動發芽。

走過清晨霧濕的田野，揚起了蝶和蛾，還有許多不知名的生物。那些泥土裡的小生命，如不見天日的蚯蚓和黃金龜、日夜奔波遊走的螞蟻，對農夫來說，都是降解堆肥和傳播花粉的好幫手。

記得台灣農田詩人吳晟的一首詩，當中有幾節談到生活中「直接經驗」的重要性：

我不和你談論詩藝
不和你談論那些糾纏不清的隱喻
請離開書房
我帶你去廣袤的田野走走
去看看遍處的幼苗
如何沉默地奮力生長

我不和你談論人生
不和你談論那些深奧玄妙的思潮
請離開書房
我帶你去廣袤的田野走走
去撫觸清涼的河水
如何沉默地灌溉田地

比起書本或理論的學習，我更看重親身與自然界的直接接觸。是的，那些實實在在的深耕細作，有時勝過書本理論。

癸卯 │ 兔年

傳統曆法以「十天干」和「十二地支」排列「紀年」，六十年為一甲子。但天干地支紀年法對於老百姓而言，計算困難且不容易記住，人們改為採用「十二生肖」紀年。在古代「十二生肖」也稱為十二獸、十二禽、十二神等。傳世文獻中對十二生肖最完整的記載，首見於東漢王充的《論衡》。

傳說玉帝曾經發出了一道神聖的命令：要天下飛禽走獸趕往天庭，並以報到的先後順序排列十二生肖。龍、虎、兔都自認為身手矯健，要不是很遲才啟程，就是在半途中走走停停。牛自知步伐緩慢，於是提早出發而不停歇。其中狡猾的老鼠跳上牛角搭便車。牛就要首先衝線了，卻竟然腿軟跌了一跤！順勢將牛角上熟睡的老鼠拋摔過了終點線，最後，老鼠得了第一名。比賽結束，入選的動物的排名依序就是：子鼠、丑牛、寅虎、卯兔、辰龍、巳蛇、午馬、未羊、申猴、酉雞、戌狗、亥豬。

「紀年」之後，還得「紀月」、「紀日」、「紀時」。古曆法可分三種：陽曆、陰曆及農曆（陰陽曆）。「陽曆」以地球圍

繞太陽公轉一周為一年，一個太陽年約三百六十五日。「陰曆」由月亮的「朔」、「望」循環成為一個月，稱「朔望月」，十二個「朔望月」為一年。「農曆」則將「陽曆」和「陰曆」結合，並且把反映季節變化的「二十四節氣」加入。

中國以農立國，農業一直是重要的經濟基石，農曆這個陰陽合曆紀年法，準確反映每年春夏秋冬的氣候變化規律，使春耕秋收可以有條不紊地規劃。

民間運用農曆逾千年，直至一九一二年孫中山在南京就任中華民國臨時大總統時，宣佈廢除農曆，改用「公曆」，其他傳統節日則照舊，從此出現了兩種曆法並行的情況。百多年後的今天，我們平時編時間表、約日期，電話所顯示的都是公曆日期；城市人除了若干被定為公眾假期的傳統節日外，大概對舊曆中的二十四節氣無感。鄉村種田者卻不一樣，當我跟農夫們聊天，就似進入平行時空，例如說：「終於『秋分』，可以播種早水蘿蔔，可以培番茄苗了。」農夫們的生活時光，彷彿仍以千年來的傳統曆法，去理解季節更替的規律。

歷代不少文人都有務農經驗，其中最出名莫過於歸園田居的陶淵明，原來在仕途生涯中屢遭貶謫的蘇軾也屬「資深農夫」。

話說在「烏臺詩案」死裡逃生的蘇軾丟了太守職位被謫黃

州，政治前途盡毀，俸祿被削，生活陷入困境，但日子還是要過，否則一家人就要喝西北風了。到達黃州第二年，蘇軾脫下文人長衫，換上農夫短衣，身體力行，躬耕其中，耕種黃州城東十多畝荒廢坡地，自號「東坡居士」，從此這世上便多了一個「蘇東坡」。

桑椹
Morus alba
桑科
Moraceae

茶花
Camellia sinensis
山茶科
Theaceae

他打算在低下潮濕的地方種上稻和麥，東部邊地則種棗樹和栗樹，此外友人王文甫早已答應要送一批桑果樹苗給他，當然要預留位置栽種桑樹！蘇東坡愛喝茶，因此也必須種些茶樹，為了討到名茶種苗，他更特地到大茗山老和尚處，甚至還創作了〈問大冶長老乞桃花茶栽東坡〉一詩。

東坡開田之後，寫了許多跟農作物相關的小品文，為其文學創作生涯開啟重要階段；其中〈二紅飯〉一篇描寫苦中作樂的生活片段：「今年東坡收大麥二十餘石，賣之價甚賤。而粳米適盡，故日夜課奴婢舂以為飯。嚼之嘖嘖有聲，小兒女相調，云是嚼蝨子。日中飢，用漿水淘食之，自然甘酸浮滑，有西北村落氣味。今日復令庖人雜小豆作飯，尤

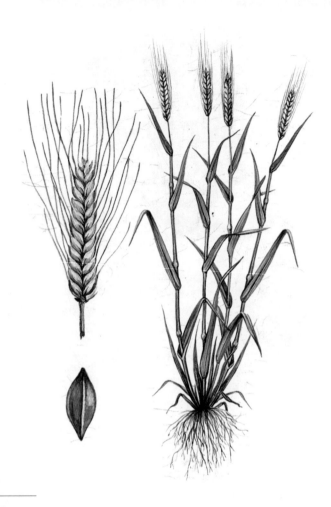

大麥
Hordeum vulgare
禾本科
Poaceae

有味。老妻大笑曰：此新樣二紅飯也。」當時家裡大米剛好吃完，市面上米價又貴，於是每天搗麥做飯；但大麥是粗糧，咀嚼起來嘖嘖有聲，小孩子們互相打趣，說是嚼蝨子，惹得全家哄堂大笑。後來經蘇軾不斷調配，將大麥與小豆摻雜做飯，風味尤其獨特，夫人笑著說：「這是新式的二紅飯呢。」

公曆二〇二三年對應的是兔年，即癸卯年。這年對於農夫來說是充滿打擊的一年。儘管我正式當農夫的資歷只有三年多，已由衷理解到大自然的不可抗力。面對三場八號以上的颱風及號稱「五百年一遇」的特大雨災，果樹被吹倒，菜田被浸毀；當颱風直襲時，任憑你事先將支架穩固好，洛神花還是會倒下，自然的力量太強大，可調整的只有面對災難的心態，以及事後應變的能力。

二〇二三年九月開學日颱風「蘇拉」把農場裡即將開花的七十棵洛神花植株全數推倒，不甘心的我把植物們逐一扶起。錦葵科植物向來生命力強頑，休養一個月後，也不負所望地結出累累如紅寶石的果實。然而在收成前卻要面對另一逼近香港的強颱風「小犬」，在九號風球下，窗外嘶吼風雨聲如一道道繃緊的弦，我以忐忑不安的心情，寫下此文。

甲辰 │ 龍年

二〇二三年對筆者來說是極不尋常的一年，首次擔任大學駐校作家的我，第一次以「老師」身份教授自然寫作相關課程。老實說，我以前是自閉童，不說話的，像塵埃，最好你看不見我。但竟然終有一天以「講課」為事業，口講不停，這是我人生中其中一項最謎樣的事情。

課程名稱叫「自然創作專題：從市中心走到郊野邊陲」。除了十三課大課和十三課導修課外，也有在其他中文系課程不多見的「野外考察」環節；野外考察有三節，而「荔枝窩」當然是「郊野邊陲」之選。今年除了任教的碩士班和學士班同學外，也有嶺大不同學系，甚至其他大學的同學仔來訪荔枝窩和隱山小農場，聽我說大自然故事，確實喜出望外。

居住在此第三年，荔枝窩自是我的「地頭」，由於每天去程和回程都只有一班船，考察必須持續一整天；幸好荔枝窩本身既有海邊及風水林美景，也有豐厚的客家圍村歷史文化；我的隱山農田亦能提供同學們近距離觀察動植物的空間，如此，一天的時光通常眨眼飛逝。

通常我們在廣場集合，附近有伯公樹。在客家文化中，「伯公」指土地公，即是守護社區的神靈。伯公神位經常設置在村落的公共地方，例如井邊有「井頭伯公」，橋邊有「橋頭伯公」，守護公家設施，村民在特定節日會放上祭品及香燭祭拜，祈求保佑和平安。

村前的伯公樹是一棵細葉榕（*Ficus microcarpa*）。細葉榕是常綠大喬木，為香港行道樹當中種植最多的樹種之一。樹身長有鬚狀氣根，幫助吸收空氣中的水分，氣根落地後變粗，能成為樹幹的支撐。驟眼看去像有人以為是幾棵甚至是幾十棵小樹長在一起，其實僅是一棵大樹。

果實為隱頭果，果期時掛滿樹枝，是雀鳥的美味餐點。可以食、可以居，遮天蔽日的大榕樹，晨早與黃昏，都聚著大大小小的鳥兒歌唱玩耍。

偌大的綠蔭亦成為廣東人聚談休息的理想空間；「擔凳仔，聽古仔」，講古佬在榕樹頭下說書講古，傳頌大時代下的小故事，也是嶺南文化的標誌之一。而荔枝窩拜祭伯公樹的習俗，反映了客家人深厚的土地信仰。

也不忘介紹旁邊的番石榴（*Psidium guajava*）。從外表看，番石榴光滑的樹皮跟黃牛木有些相似。我在野外帶導賞團，特別喜歡介紹番石榴，把葉子揉碎了，散發出濃濃的番石榴果香；同時粗糙的葉子也是樹葉拓印的好材料，刷上顏料，

長尾縫葉鶯
Orthotomus sutorius
扇尾鶯科
Cisticolidae

番石榴
Psidium guajava
桃金娘科
Myrtaceae

輕輕一印，便能在紙上留下清清楚楚的葉脈印痕。

我的朋友、年輕木匠翁泳恩說她喜歡番石榴木。她說不少工具的柄子，都以番石榴木作為原材，因為番石榴具有「和」的特質。有些樹木很硬，假如用它做工具的柄子，當工具砍進硬質材料時，硬碰硬必有一失。番石榴木卻是細而彎，有韌性，適當時把力量卸走。我小時候內向卻倔強，人大了面對社會，總得學習跟其他人相處。待人處事，有時大概也要向遊刃有餘的番石榴學習。

在樹邊隱密的森林處，還有我覺得果肉好臭的大樹菠蘿（*Artocarpus heterophyllus*）。

但它的食用歷史悠久；據說明代鄭和下西洋，他和當時的隨從是第一批吃到榴槤和大樹菠蘿（又稱波蘿蜜）的中國人。與鄭和同行的馬歡在《瀛涯勝覽》即曾提及此物：「其波羅蜜如冬瓜之樣，外皮似川荔枝，皮內有雞子大塊黃肉，味如蜜甜。」

新鮮大樹菠蘿果肉，可鮮食或製成果脯；種子形狀似具光澤的漂亮鵝卵石，「炒吃味如栗子」。但對我來說，它的名字更美麗：大樹菠蘿的名稱來源於佛經裡的「波羅蜜」，意思是「到達彼岸」。從生死輪迴的此岸，因佛法而渡到涅槃解脫的彼岸，「波羅蜜」，正是帶著這種祝福與吉祥。

除了賞覽村中建築、逛風水林、體驗農務等，食「客家菜」也是不可或缺的環節。客家族群多住在田畝較少的山地，飲食偏重實際，以「吃飽」為原則，特色在鹹、香、肥，不僅下飯易飽，也可以補充粗重工作流汗後所缺失的鹽分。同時因為糧食缺乏，多善用曬乾、醃製等加工方法，使之不易腐壞，延長食物的保存期，處處反映客家人的刻苦勤儉。其中客家豬肉缽及客家黃酒雞是當中的佼佼者。

大樹菠蘿
Artocarpus heterophyllus
桑科
Moraceae

客家豬肉缽：由於傳統的客家人多以務農為生，因此體力消耗甚大。為了補充失去的鹽分和營養，不論是客家燜豬肉、客家鹹雞、黃酒雞等，味道相對濃重。其中一道重口味名菜正是客家豬肉缽。

先說盛器，「缽仔」是客家人愛用的器皿，用瓦製造。客家豬肉缽正宗的做法是將五花肉切成小塊，加入調味，鋪上大量的蒜末和豆豉同蒸，隔天取出再蒸，反覆的蒸煮令食材非常入味，邪惡滋味的肥豬肉下飯一流。

客家黃酒雞：客家人相當重視客家黃酒。喜慶節日時經常以自家釀製的黃酒招待親朋好友。

客家黃酒的製造方法是：把糯米洗淨後浸泡一晚，然後隔水蒸熟，再放在大盤上攤涼。然後把壓成粉碎的酒餅平均灑在糯米飯上，撈至均勻。最後灑上清潔乾淨的溫水，幫助米飯發酵。

米飯稍後會放入特製的器皿 —— 尖底身闊的酒埕，等待發酵。釀製客家黃酒時更會用一個跟埕口大小相若的埕蓋，把器皿蓋好，甚至會小心翼翼地用黃泥封好埕身與蓋之間的小罅隙，為免有外來細菌進入。隨即把釀酒器皿放在陰涼的地方；釀製時間不定，夏季通常快一點，冬天要等待較久，直至糯米完全沉澱便告成功。

客家黃酒味道溫醇甜美，村民常在冬天飲用，保持身體暖和。由於味道溫醇甜美，也極為適合產後進補。黃酒除了飲用，也可入饌，用來做黃酒煮雞。肥美的走地雞以香甜黃酒烹調，是一道滋味無窮的傳統客家名菜。

考察完成也吃過飯了，下午通常來一節簡單而沒有壓力的創作課，寫作或繪畫，談談遊村、下田的感受；再帶師生們買些小吃作手信，便是差不多回程的時間。

我通常把同學們送出荔枝窩碼頭，看見全部成功上船了，才安下心來。下午三時半，船隻在鳴笛聲中漸遠，邁向美麗的印洲塘海。我則漫步返回假日過後寧靜的村莊。

客家黃酒雞

然後坐下來，喝啖茶，為他們寫首詩。

〈綠葉說書人〉

溪水潺潺，石頭清涼，
鬱鬱翠綠的人工河床草原上，
牛群漫步，來回覓食，
咀嚼著葉子鮮嫩多汁的神奇，
反芻回憶中的細緻香甜。
野草、樹木，在雨後萌發生長，
大自然的韻律在此展開。

牛和孩子，
走過光影碎細的甬道。
猛禽在上空緩慢地盤旋，
鸕鶿潛游、
白鷺在水邊沉思。

孩子們在科技中成長，
但說書人仍在講述著故事。
他們或站或蹲，
一列直線，
或是圍成半圓形。
孩子們可曾認識番薯的葉是什麼模樣？

它們的地下莖經常與污泥纏繞，
卻能在泥塵的苦澀中，
練就軟糯與香甜。

陽光灼熱，汗水滲滿衣角，
蜻蜓停在果子上，
複眼注視著生命的脈象。
河水蜿蜒，靜靜流淌，
光合作用的神奇，讓葉脈舒伸。
分叉路上，我們各自踏上人生的旅途，
而大自然有時是指南針。

我知有時，
土地不能言說，
植物難以申訴，
只能沉默中落葉或甩皮，
變黃甚至直接枯萎。
未必每一顆萌芽都能安然生長。
到處充滿著城市的框架，
你
在困境中發芽，
也能以攀藤植物的姿態逃出，
好奇地邁向天空
如果，
生命之花恰巧在此綻放，
便在當下永恆。

豔麗色彩和誘人香氣交織成活力四溢的彩畫，
當中更有小生物在花間忙碌飛舞：
蝴蝶翅膀在陽光下閃閃發光，蜜蜂發出嗡嗡聲，
加上遠方各種鳥鳴，一時間，田園充滿著生命脈動，
展現天地間自然的和諧。

四季

FOUR SEASONS

立春 ｜ 香港正菜

香港雖然有百分之六十六土地面積擁有綠色地皮，但現時蔬菜自給率相當低，根據漁農自然護理署數字，二〇二〇年的本地農產品，只能供應全港所需蔬菜的百分之一點六。在上世紀五十及六十年代，新界曾有過萬公頃的活躍農地，即使香港當時人口已逾三百萬，新界的蔬菜產量仍可滿足香港近半的需求。

及至七十至八十年代，由於工作人口結構以及土地用途的改變，加上內地低價的入口蔬菜與本地市場競爭，使香港農業從七十年代起逐漸萎縮，自給率在一九九〇年跌至約三成，九七回歸後更直線下跌。根據長春社在二〇一五年的《香港農業報告》指出，農地面積在過去廿多年來下跌近三成半，荒置農地高達八成。

現時香港絕大多數的蔬菜從外地進口，主要來自中國內地、美國、泰國和馬來西亞等地。二〇二〇年全球爆發的COVID-19疫情對香港農業產生重要影響，由於疫情導致

的交通限制和邊境封鎖，農產品的供應鏈幾乎完全中斷。

當時蔬菜價格飛升，茼蒿豆苗八十蚊一斤，菜心更索價一百蚊一斤，難怪我在遙遠荔枝窩開田的日子，竟有遊人問有沒有菜賣？疫情亦令香港市民重新審視本地農業的重要性，對食品自給自足能力提升亦有所需求。

然而，在香港經營農場又談何容易？首先農用地有限，租金高昂，以及土地使用的不確定性對農夫構成壓力，甚至難以持續運營。然後因為極端天氣導致產量不穩定，農夫難以預測收入，需要兼顧農務和其他工作以維持生計。另外香港缺乏系統化的農業教育和專業培訓，限制農業從業人員的專業發展和知識傳承；大部分農夫只能依靠自學或徒弟制學習耕作技巧，可能不足以應對現代農業的挑戰。

香港的地理環境特殊，山多平地少，也限制了大規模的農業開發。儘管如此，往昔的農夫利用有限的土地資源，通過梯田等傳統農業耕作方式，成功種植多種農作物。

著名的本地農產品有不少，如元朗絲苗、鶴藪白菜、昂坪茶葉和南涌蓮藕等；香港過去亦曾大量種植果樹，當中新界和大嶼山曾廣泛種植菠蘿，現時仍留下「菠蘿峯」、「菠蘿壩」等與菠蘿相關的地名。

菠蘿（*Ananas comosus*）屬多年生常綠草本。植株具有蓮

鶴藪白菜
Brassica rapa subsp. *chinensis*
十字花科
Brassicaceae

座般的外觀，劍狀葉片呈厚革質，緊密排列。全株高六十至
一百厘米左右，亦有高至一百五十厘米者。原產於南美洲，
為鳳梨科鳳梨屬植物，因香氣濃郁、味道酸甜而受到喜愛，
是鳳梨科中最具經濟價值的種類。原本在南美洲種植的菠
蘿，在十七世紀傳入歐洲，於一八二〇年代開始在熱帶地區
商業種植。因此在中國古代農業書誌中鮮見菠蘿的蹤影，至
十九世紀初期魏源在《海國圖志》中才清楚指出《東西洋考
每月統記傳》裡面曾提及爪哇有「菠蘿」、「菠蘿子」等果
實名稱。

稻米種植則以元朗絲苗聲名最響。小時候去茶樓吃晚飯，餐牌上往往印著「絲苗白飯」幾隻大字作為招徠。絲苗形狀細長，米味香濃，質地比較彈牙，煮熟後不會太黏或太腍。《新安縣志》指出，元朗所出產的絲苗米，在清朝時曾作為貢品，其後更遠銷東南亞乃至舊金山，相當威水。元朗自古已被群山環繞，擁有廣闊平原，是本地其中一個著名的魚米之鄉，可惜由於米商積極引入內地米及東南亞米，競爭激烈，加之香港農業日漸式微，元朗絲苗的原種，於八十年代經已失傳。

翻開歷史書，原來香港新界的稻米耕作歷史悠久，在《新安縣志》和一八九八年的《駱克報告書》均指出，稻米是其時新界區的主要農作物。第二次世界大戰結束前，新界稻田約佔全港耕地竟達百分之八十以上。

香港的稻米種植一年兩造，第一造在三月至八月，第二造在八月至十一月。稻米種子需要先浸泡，再進行犁田、播種及插秧的工作，農夫利用牛隻拉動犁耙，來整理及疏鬆田土。待穀種萌芽後，再移植秧苗，進行插秧。夏耘時期，他們需要多次灌溉稻田，日常工作包括除草及施肥，用雙腳在稻株間踩踏，把雜草重新踩入泥土中，使之浸死。好不容易到了秋收時間，農夫割下禾稻，使用打禾桶打脫穀粒，再用風櫃和篩子將穀實、穀殼和草碎等分隔。最後反覆用力地踩踏木踏碓，令糙米變成白米和米糠。

蘿蔔（*Raphanus sativus*）是近年香港農夫冬季所種植的重點蔬菜。白蘿蔔可分「早水蘿蔔」和「遲水蘿蔔」。早水蘿蔔成長期較短，從播種到收穫只需約六十天。由於成熟速度快，它們通常體積較小，質地較嫩，味道也較為甜脆。遲水蘿蔔則指成長期較長的蘿蔔品種，通常在秋季種植，從播種到收穫需要約一百一十天，因此體積通常比早水品種大得多，味道更加濃郁。香港人新春必食的蘿蔔糕，大多會以遲水蘿蔔炮製。

明代王象晉所撰寫的《群芳譜》，將蘿蔔列入〈蔬譜〉，指蘿蔔的根葉「可生可熟，可菹可齏，可醬可豉，可醋可糖，可臘可飯，乃蔬中之最有益者」，對其評價甚高。

———
蘿蔔
Raphanus sativus
十字花科
Brassicaceae

我經常把自己的農田當作實驗室，透過種植，日夜觀察蔬菜成長的整個週期。對於甘藍（*Brassica oleracea*）的各個變種甚為好奇的我，在今個冬天嘗試栽種西蘭花、芥蘭頭（莖藍）、羽衣甘藍和椰菜，四款蔬菜其實都是甘藍的變種，苗期外觀非常相似，只是在其後成長階段中，發育膨大的部分有所不同；如西蘭花發展最大的是花蕾，芥蘭頭就是它的球形莖部，

羽衣甘藍則發育成蕾絲狀葉子，椰菜則會在天氣寒冷時包心成球。

我又首次嘗試栽種大芥菜。芥菜（*Brassica juncea*）又名辣菜或臘菜，從屬名可見與上段所提及的甘藍同科（十字花科）同屬；具有辛辣味，因此比其他同科植物具有較強的抗蟲性，屬於涼冷地區的蔬菜，春季收成後可用作醃製之用。

南宋陸游〈幽興〉曰：「庭樹晚鶯窺戶語，鄰園秋筍過籬生。芥菘漸美鹽醯足，誰共貧家一釜羹。」庭院樹上，晚鶯停留並啼鳴，似乎在偷聽房內的談話。鄰家花園裡的竹筍穿過籬笆，在秋天長出。白菜和芥菜日漸長得茂盛，只需簡單的鹽和醋調味就很美味。但這樣貧困的生活，有誰會來和我共享這一鍋簡單的菜羹呢？

〈幽興〉體現陸游的幽閒生活，以及對簡樸生活的細膩觀察和內心感慨。雖然陸游表達自身生活的清苦，但也流露出淡泊名利、賞識自然之美的情懷，給予讀者親近自然、樂於現狀的啟示。

我們在秋冬也會種植難度不高的萵苣。萵苣（*Lactuca sativa*）又稱生菜，屬於菊科植物，由於爽脆幼嫩的口感深受愛戴，常被生食，作沙律菜之用。顏色因品種而異，也有結球及散生形態之分。如「羅馬生菜」葉片邊緣呈波浪

我與大芥菜

狀，不結球，從根部向外散生。「結球生菜」則屬包心型，有一個緊密結實的球狀中心。「奶油生菜」的葉片呈圓形，質地柔軟，蔬菜會長成鬆散的玫瑰花狀。

宋代陶穀所著的《清異錄》上記載：「咼國使者來漢，隋人求得菜種，酬之甚厚，故因名千金菜，今萵苣也。」可見萵苣由隋朝開始輸入中原，自此在中國土地繁衍。至唐宋，詩詞之中已大量出現萵苣，其中最出名的莫過於杜甫〈種萵苣〉詩：「堂下可以畦，呼童對經始。苣兮蔬之常，隨事藝其子。」從「苣兮蔬之常」我們亦得知萵苣已是唐代民眾普遍食用的蔬菜品種了。

香港冬天美而舒適，乾燥涼爽、陽光充沛，田畦通常整整齊齊，蔬菜在平穩的環境下生長。遠處輕巧的水鳥掠過天際，留下一串優雅的軌跡。涼風吹過，蘿蔔和蔬菜葉子輕輕搖曳。晨光初照後雀鳥始鳴，我在田邊喝杯咖啡，開始新一天的勞動。

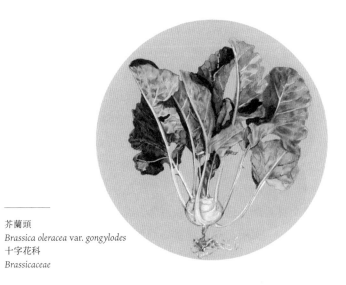

芥蘭頭
Brassica oleracea var. gongylodes
十字花科
Brassicaceae

西蘭花
Brassica oleracea var. italic
十字花科
Brassicaceae

春分 | 雨霧中的古樹

春分，又稱 Spring Equinox（春季平分點），在中國二十四節氣中排第四，通常出現在每年三月二十日或三月二十一日。在這一天，世界各地晝夜長度大致相等，而在春分之後，北半球的白天會逐漸變長，夜晚則逐漸變短，情況持續到「夏至」為止。按照節氣，中國古代在春分有三個徵候：

「一候玄鳥至」──「玄鳥」即燕子，春分時節，「似曾相識燕歸來，燕來還識舊巢泥」。

「二候雷乃發聲」──雷乃陽氣所發之聲，春雷陣陣，喚醒了沉睡的萬物。

「三候始電」──陽氣漸盛，電光也跟隨雷聲出現了。

宋代歐陽修曾寫一闋優美的〈踏莎行·雨霽風光〉：「雨霽風光，春分天氣，千花百卉爭明媚。畫梁新燕一雙雙，玉籠鸚鵡愁孤睡。薜荔依牆，莓苔滿地，青樓幾處歌聲麗。驀然舊事上心來，無言斂皺眉山翠。」詞中春分時節的新燕百花躍

然紙上，哪知青樓的歌聲引得詩人發愁，可惜了美好的春分天氣。詞人由景到情，由情到景，借節氣道盡了作者難言的心境。

春分雨霧飄搖，標誌著農耕季節的開始，春耕和春播的忙碌景象隨處可見；細雨霏霏滋養了植物，春天時節有什麼時令

家燕
Hirundo rustica
燕科
Hirundinidae

美食？宋代趙蕃〈過易簡彥從〉詩中有句：「雨後筍怒長，春雨陰暗成」，意思就是說下過雨後，雨後春筍破土而出，長得又快又多。春筍肥厚、美味爽口、可葷可素，自古文人墨客和美食家對它讚嘆不已，常有「嘗鮮無不道春筍」之說。

荔枝窩也有幾叢大竹，都是麻竹，風來時吱吱作響。竹叢旁有風水林，春分時分樹梢都沾上新綠。「風水林」的概念深植於中華文化的根基之中，是人與自然和諧共存的生動實踐。在客家文化中，樹林與古樹跟風水有重大關係，能夠為村民擋除邪氣，帶來健康、好運與財富，因此昔日村民在選擇村莊位置時傾向於靠近林木。

風水林不僅在文化上具有意義，它們對當地環境也有著顯著的實際益處，具有調節微氣候的效用：在夏日酷暑時遮擋猛烈的陽光，形成樹蔭降低村邊溫度；颱風來臨時更可作為天然屏障，吸收雨水、阻隔狂風，甚至在發生山泥傾瀉時保護村落。

荔枝窩正是香港其中一條擁有完整風水林的客家圍村，同時亦是重要的古樹群地點，因此於二〇〇五年被劃為「荔枝窩特別地區」；在這小小的「特別地區」內，竟也有三棵被列入《古樹名木冊》的「古樹名木」。現時香港約有五百棵樹木編入《古樹名木冊》，胸徑及樹冠達到標準、為稀有樹木品種、具有文化歷史意義、樹形出眾等，均有機會加入《古樹名木冊》內。

如想細味荔枝窩的古樹，只須從村巷間的小路直上，經過「三縱九橫」的屋舍，即能到達面積約五點七公頃、收錄過百植物品種的風水林。那裡草木扶疏，喬木及林下植物均長得茂密。其中最大一棵為樟樹（*Cinnamomum camphora*），估計超過二百歲。《本草綱目》解釋了樟樹名字的由來：「其木理多文章，故謂之樟」；樟樹樹幹上紋路分明，容易辨認，樹冠巨大，常年墨綠，木材及葉子均散發特殊香氣。樟樹有強烈的樟腦香氣，味清涼，有辛辣感，防蟲防蛀、驅霉防潮，由古至今，被視為具經濟價值的樹種。據荔枝窩村民說，樟樹原本從主要樹幹分叉出五枝，形同五指，故取名「五指樟」，但在日軍侵佔村落時，其中一指被鋸下，村民於危急存亡之際間腦筋急轉，馬上拜祭此樹，並指此為「神樹」，住有樟樹精靈；日軍信有其事，其餘四指才得以保存，避過砍殺厄運。

在荔枝窩風水林的入口附近有一株形態獨特的秋楓（*Bischofia javanica*），別名「通心樹」，樹幹中空，樹洞大得能讓一個成年人躲藏其中。不少人擔心古樹會否在風雨中倒下，但它比我們想像中頑強，原因是樹幹的邊材部分仍充滿活生生的維管束組織，能有效地運送養分和水分。在春夏季節，你依然能看到青翠的新葉在枝頭爆發生長，引證了它驚人的生命力。

二十步內有一組「連理樹」，底下是秋楓樹，上面爬著榕樹，兩棵老樹如融為一體，看似情意綿綿，事實是榕樹的根

樟
Cinnamomum camphora
樟科
Lauraceae

金邊土鱉
Opisthoplatia orientalis
匍蠊科
Blaberidae

部緊緊纏繞著秋楓樹，除了汲取水分，也藉此攀到更高處以爭取陽光，屬植物界中「絞殺」的自然現象，與「連理樹」之名並列起來，更添反差感。

站在風水林中，你會發覺光線是層層疊疊的。陽光從高高的樹頂間隙中灑落，如同天窗般照亮了幽暗的林床。而在那些光照達不到的地方，綠蔭覆蓋，苔蘚、地衣和蕨類植物鋪滿地面，形成一層柔軟的綠色地毯。在春季潮濕的角落，真菌悄悄地冒出頭，以奇異的形狀和顏色點綴著森林一角。昆蟲在天地間穿梭，而更大的動物們——蝙蝠、壁虎和其他「居民」——也在林間找到避隱之所。森林是一本無字史書，遠遠早於人類文明，記錄了地球上無數故事的始末。它是生命的搖籃，也是時間的見證者。

中華壁虎
Gekko chinensis
壁虎科
Gekkonidae

夏至 | 三伏天如何過？

寫這篇文章時，可怕的「三伏天」早已過去。早上，田邊吹著乾燥的風，我喝著咖啡寫稿。一些過境季候鳥在我眼前飛過，植物努力結出豐盛的果實，這些都告訴我，炎熱夏季已經過去，萬物已準備好秋的到來。

依照農民曆上記載，三伏天是從每年夏至後開始算起的第三、第四個庚日，以及立秋後的第一個庚日，是整年度天氣最熱之時，日照時間長，天地間的陽氣處於高點，人的身體亦處於高活力、高代謝的狀態，易躁動，也易勞累。

據說西方國家也有類似三伏天的概念，北半球最熱的七、八月份，正是夜空中「天狼星」（Sirius）清晰可見的時刻，因此外國人稱夏天最酷熱難耐的幾天為「dog days of summer」。

我在二〇二一年九月頭搬進荔枝窩，如今計來快有三年了。說到城市人搬到偏遠鄉郊最不習慣的是什麼？交通不便、蚊蟲極多自是必然，最難捱的，是荔枝窩的高溫。

體虛的我容易中暑，只能調整生活習慣：清晨五時起床，六時落田工作三小時，太陽一露臉便回家去。還要經常洗冷水澡、吹大風扇，甚至以午睡方式避過最熱的時段。試過正午時分把溫度計放在田裡面太陽曬到的位置：指標動輒超過四十度！嚇得馬上退回屋內。然而，就算逗留室內也不好過，我家沒有安裝冷氣，只有一部移動吹風機；金屬鐵皮屋頂也是室內悶熱的元凶：太陽能量極速穿透到二樓屋內，細小的窗子卻無法排走熱力。

三伏天絕對是農夫和農作物最難捱的日子。田間生氣不再，植物葉子下垂，被抽乾成菜乾似的。遠方的影像隨著熱氣流扭動，在大太陽下，世界像蒙上一層微微的奶白——萬物都熱呆了。

通常動物們在正午也不肯露面。在牡荊茂盛的灌木叢中，偶然會聽到牛隻用鼻子噴氣的聲音——原來為了逃避猛烈而毒辣的太陽，牛群會躲到田邊樹蔭底下午睡。

夏天種田令人感到徒勞，澆水不消一小時，水分便慘被抽乾，土壤迅速結成乾硬的泥塊，土中的微生物群固然無法倖免，作物的狀態也好不到哪裡去。

二〇二二年香港七月高溫「熱爆」，刷新多項氣象紀錄，天文台在七月二十四日錄得最高氣溫三十六點一度，是一八八四年有記錄以來最熱的「七月天」。

牡荊
Vitex negundo var. *cannabifolia*
馬鞭草科
Verbenaceae

我有時會把隱山小田的農作物帶到市區「農墟」擺攤銷售，
同場常遇到資深農夫，新手的我當然趁機交流種植經驗。我
帶著氣餒的口吻向資深農夫討教：「是否我經驗淺？這兩年
天氣極端，又乾又熱，種植好難哦。」

長者農夫竟然也感歎地回答：「對呀，這兩年種田好難，氣候變了，早十幾年沒有這樣難。」

在三伏天裡，田中還有什麼活著的作物？大概只有種植在棚下避過夏日虎口的四角豆、原產地接近沙漠地區的洛神花，還有一些依靠自己濃密的枝和葉互相遮蔽毒辣陽光的瓜類。

至於樹木呢？唯有村邊涼亭旁邊兩棵白蘭（*Magnolia × alba*）仍然優雅地開著滿樹的花。它們外觀極為低調，花朵細小，但芳香無比，女士常摘取花朵來佩戴在身。

另外，生於熱帶的蕉樹也超乎想像地強悍，面對酷熱天氣竟也紋風不動，不發黃也不枯萎。

蕉起源於東南亞，再被引種到世界各地，形成現代多種人工栽培品系。大部分人都未必知道，那高高大大、常被稱為「蕉樹」的植物，其實嚴格來講並不是「樹」。它屬芭蕉科多年生草本植物，粗壯的「假莖」實際上由葉柄下方的葉鞘互相緊抱而成，外表堅挺，其實裡面質地柔軟，沒有木質化的結構，用鐮刀多砍幾刀就會倒下。

以前我並不了解蕉的品種，直到自己開始種植：現在我們的田裡有牛奶蕉及青皮蕉。牛奶蕉的植株比青皮蕉高大得多，接近四米高，結果時一大束圓圓胖胖的牛奶蕉懸在半空中，我們要擔張梯子，才能爬上去把牛奶蕉收成。青皮蕉則「親

白蘭
Magnolia × *alba*
木蘭科
Magnoliaceae

民」得多，高度只有牛奶蕉的一半，就算不爬梯子也能輕鬆割下。然而一梳蕉動輒也有三四十磅的重量，需要靠兩人合力才能搬動。

味道方面，牛奶蕉外皮很薄，甜度較低，肉質細滑柔軟。至於青皮蕉，它蕉皮泛起淡黃時果肉已經成熟，吃下去，味道比市面常見的香蕉更香甜。

芭蕉葉如巨扇，顏色翠綠、姿態秀美，在盛夏裡遮天蔽日，為古人的亭台樓閣帶來綠蔭與清涼。唐代白居易曾寫〈夜雨〉曰：「早蛩啼復歇，殘燈滅又明。隔窗知夜雨，芭蕉先有聲。」蟋蟀的叫聲時斷時續，一盞殘燈忽明忽暗。隔著窗戶知道下起夜雨來，因為芭蕉葉上傳來淅瀝的雨聲。

蕉
Musa acuminata 'Dwarf Cavendish'
芭蕉科
Musaceae

香蕉樹下的白胸苦惡鳥
Amaurornis phoenicurus
秧雞科
Rallidae

就像白居易聽到葉上的聲音就知下雨了，當我聽到灰樹鵲
（*Dendrocitta formosae*）那類似電玩遊戲音效的獨特叫聲
時，就知秋天要來。一串涼風在腮邊吹過，我昏昏欲睡，彷
彿上文描述的那個可怕艱難的炎夏，根本就只是夢一場。

灰樹鵲
Dendrocitta formosae
鴉科
Corvidae

立秋 ｜ 秋播季節

一雨成秋，一夜間忽然下降攝氏十度，為二〇二二年的夏與秋劃下明顯界線。季候風下，田中第一個釋迦果實終於成熟落地，成為我的早點。輕力剝下淡綠外皮，咬一口質地綿密而潔白的果肉，味道實在甜得不可思議，難怪釋迦的英文名叫 sugar apple。那是朋友由種子種起的苗，初來隱山小田時一歲半，落地一年後開花一朵，果實半年後成熟。現在樹齡三歲了——就是說釋迦果實生苗三年結果。

翻閱月曆，原來已屆立秋，立秋是二十四節氣之一，標誌著夏季結束和秋季的開始。它通常在每年的八月七日或八日出現，據此，天氣逐漸由炎熱轉向涼爽。隨著立秋的來臨，天空似乎變得更加高遠，雲朵像是被清風精心梳理過，飄逸而輕盈。

唐代詩人白居易曾作〈立秋夕有懷夢得〉，描述新秋天氣：「露簟荻竹清，風扇蒲葵輕。一與故人別，再見新蟬鳴。是夕涼飆起，閑境入幽情。回燈見棲鶴，隔竹聞吹笙。夜茶一兩杓，秋吟三數聲。所思渺千里，雲外長洲城。」

露水凝結在荻草和竹子上，蒲葵扇子彷彿也變得輕巧，輕輕一扇已覺涼爽，也不需要像酷夏那樣用力的去扇了。自從和老朋友分別以後，我再次聽到蟬鳴。這天夜裡吹來涼風，悠閒的景物瀰漫幽幽思念的情懷。燈光映照野外棲息的仙鶴，我隔著竹林聽到吹笙的樂曲。夜來飲一兩盞茶，吟了幾句詩。思念已飄到幾千里之外，直到雲外長洲城去。

釋迦
Annona squamosa
番荔枝科
Annonaceae

整首詩不僅展現了立秋後自然界的變化，還透過生活場景：荻席、蒲扇、蟬鳴、涼風、棲鶴、笙簫、夜茶、秋吟等，營造出塵孤寂的意境。最後思念飄向遠方，直到雲外遙遠的長洲城，更添幾分空闊縹緲的愁緒。

立秋對我來說卻不帶一點愁，它不僅是收穫的季節，也是計劃和希望的開始。農夫要分秒必爭，一邊收割夏末的果實，一邊翻耕土地，為秋冬的作物做好準備。

我在炎炎夏日三十六、七度的季節，已「早有預謀」，默默籌備秋冬兩季需要種植的種子，尤其是一些美麗的歐洲花卉，更要把握好播種的時機，才能趕及在來年短暫的春季開花。

大概不少香港農夫跟我擁有相同想法：視秋播為一年之中最重要的種植季節。香港位處亞熱帶，晚春、夏、初秋天氣皆炎熱，日間溫度動輒過三十度，唯有等到深秋，才能嘗試種植不耐熱的溫帶植物。又為了令農田擁有最高的產值，農夫們多採用「培苗」方式——就是先將種子下在苗床或苗盆裡，待幼苗長到一定大小，才定植到田裡面；便能減卻種子和苗兒「佔用」田畦的時間。

在夏季洛神花收割的後期，我早把種子放到苗室中培苗，主要是番茄、粟米、不同品種的南瓜，還有兩個剛發芽的佛手瓜。我特別喜歡種植攀藤植物，更在隱山田中設了一個六米長的拱棚，把攀藤植物都種到棚底，不但能節省空間，也能

在植物蔭下創造微生態氣候，把美花石斛、鐵皮石斛及白芨等蘭花種在其中。

奶油南瓜
Cucurbita moschata
葫蘆科
Cucurbitaceae

美花石斛
Dendrobium loddigesii
蘭科
Orchidaceae

中秋之後大量開花結果的就有四角豆，花朵呈紫藍色，為我的田園增添醉人的漂亮色彩。豆莢也鮮嫩可愛，簡單以蒜蓉略炒，已滋味無窮。

開得燦爛火熱的還有各種菊花，最亮眼的莫過於粉紅色的波斯菊和鮮黃色的硫華菊。我會把花及時採下，用來裝飾自家製作的曲奇餅，或是把花瓣拆開，灑在沙律菜上。

歷代文人墨客愛菊者不乏其人，最著名者自是東晉詩人陶

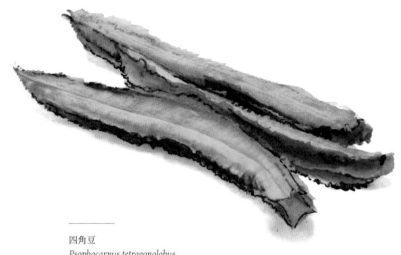

四角豆
Psophocarpus tetragonolobus
豆科
Fabaceae

淵明，寫出「採菊東籬下，悠然見南山」的精彩名句。而作為「花之隱逸者」的菊花，在百花早已凋謝的秋天，惟獨它粲然獨放，表現出堅貞高潔的品格，也成為超凡脫俗的「隱者」象徵。

除了食花，也能泡酒，菊花酒由菊花、糯米與酒麴釀製而成，古稱「長壽酒」，味道甜美，屬秋季的養生佳品。陶淵明寫「秋菊有佳色，裛露掇其英。泛此忘憂物，遠我遺世情。」在秋菊花開正盛、在花朵仍含露時採下，把菊瓣泡在

酒中，味道便更美，也讓避俗之情顯得更深濃了。

當然也不能數漏菊花茶。菊花作為中藥，有清肝明目、清熱解毒之功效。我平時長期盯著電腦、手機熒幕，雙眼常出現乾澀症狀，這時便會用「杭白菊」泡茶，作為一款養肝明目的雅飲。

在科學上，菊科是真雙子葉植物中最大的一個科，現在已記錄至三萬多種，與蘭科同被視為「最進化的植物」。近觀菊科的「花心」部分，實際上由許多舌狀花及管狀花組成，形成「頭狀花序」，這種高度進化的頭狀花序，大大提高了傳播和繁殖的效率。此外，除了以種子傳播為手段的有性繁殖，很多菊科植物還演化出了以塊莖、根莖來作無性繁殖的看家本領。

因此，無論從熱帶、亞熱帶到寒溫帶，還是從海拔為零的海岸到海拔達四五千米的高原，都有菊科植物的分佈。

野菊處處可見，在我居住的村落也不例外，碼頭海岸、塌屋邊緣、水坑、荒田野地……均能見其身影。忽然一道涼風襲來，我想起唐代元稹所寫的七言絕句詩〈菊花〉：「秋叢繞舍似陶家，遍繞籬邊日漸斜。不是花中偏愛菊，此花開盡更無花。」叢叢秋菊圍著房屋盛放，看起來就像詩人陶淵明的家。繞著籬笆賞菊，不知不覺太陽快落山了。我並非沒來由地偏愛菊花，而是因為菊花開過之後入冬，便不能看到更好的花了。

冬至　｜　一早一晚還是有雨

冬至日是北半球一年中白晝最短之日。英文稱 Winter Solstice，solstice 一詞產生於十三世紀中期，拉丁語 *solstitium* 意思指「太陽停滯不前」。

孟元老《東京夢華錄》描寫北宋宣和年間，東京汴梁城（現河南省開封市）的社會生活舊事。在卷十中，記載了「冬至節」濃烈的節日氣氛：「十一月冬至，京師最重此節。雖至貧者，一年之間，積累假借，至此日更易新衣、備辦飲食、享祀先祖。官放關撲，慶賀往來，一如年節。」此外開封特別流行「守冬」習俗，類似過年守歲，代表為兒孫添歲，為長者延壽。又由於冬天乃農閒季節，農夫沒事可幹，遂進行冬獵，並攜帶所得獵物串親訪友，饋贈酒肉，慶賀瑞雪豐收。

北宋蘇軾嘗試作「禁體詩」：〈江上值雪，效歐陽體，限不以鹽玉鶴鷺絮蝶飛舞之類為比，仍不使皓白潔素等字，次子由韻〉。此類詩設有禁令，限某某不可為，既是文字遊戲，也能鍛鍊思維，免於陳腔濫調。詩中作者描繪在江上看雪的感觸，首句「縮頸夜眠如凍龜，雪來惟有客先知」已妙趣無

窮，以「縮頸凍龜」形容人們在冷天裡的狼狽。

今年大寒之後果真大寒，連續幾天降到攝氏單位度數以下。我為家中怕寒的陸龜和鸚鵡寵兒添上紅外線暖燈，把溫度保持二十度以上。

沒有人類的愛寵，野外動物必須獨自面對戶外的嚴寒，在凜凜寒風中保護自己。在溫度急降冷雨飄搖的日子裡，我在樹林中遇上一隻不常見的小型蝙蝠，問過蝙蝠專家 Pan Tong，確定那是小伏翼（*Pipistrellus tenuis*）。啊，這隻比倉鼠還消瘦的蝙蝠，在木板隙中蜷身而睡。

小伏翼屬於小型蝙蝠，身體背部為啡褐色，腹部顏色較淡，眼睛較大，耳殼呈三角形，耳屏呈拇指狀，吻部明顯有膨大腺體。目前所知分佈於華南、緬甸、泰國、老撾、越南等地。牠們屬食蟲性蝙蝠，會在空中捕食昆蟲。

翻查書籍，才知伏翼乃是蝙蝠其中一個古名。《爾雅·釋鳥》指：「蝙蝠，服翼。」明朝李時珍在《本草綱目·禽·伏翼》中對伏翼有進一步的描述：「伏翼形似鼠，灰黑色，有薄肉翅，連合四足及尾如一。夏出冬蟄，日伏夜飛。食蚊蚋。」動物入冬藏伏，不吃不喝，稱為「蟄」，可見李時珍時，已經發現蝙蝠冬眠的特性。

南宋蔡條《鐵圍山叢談》卷六云：「忽有類鴉鵒從房中飛掠吾身過者，時亦以為怪。跡其蹤，乃在堂中後空舍而倒懸，

小伏翼
Pipistrellus tenuis
蝙蝠科
Vespertilionidae

則知其為伏翼。」蝙蝠為何要時常倒吊呢？原來牠們雖擁有寬大的翼膜，但後腳較短小，且和翼膜黏在一塊，當牠落地時只能讓鼻子及身體貼在地上，慢慢伏地爬行，無法站立行走，更不能直接飛上天空，但若是在高處將身體倒掛，蛇或其他天敵接近時，只要放開爪子，即能迅速飛離。

我眼前的小東西對燈光敏感，為牠拍閃光照時，牠用小手肘擋住光，換了個姿勢繼續睡眠，我感覺打擾了動物，不禁懷有內疚。畢竟哺乳類動物懼寒，在冬天這個昆蟲量大幅減少又突然變得寒冷的日子，小伏翼被動地進入蟄伏（torpor）狀態；對牠們來說，冬至大寒，就是生死攸關的日子。

我問兩棲及爬行類專家安東尼：我的寵物──紅腿象龜「阿望」會冬眠嗎？他指爬蟲類不會冬眠，但會休眠。原來「冬眠」與「休眠」是兩個概念。冬眠在英文

裡的名詞用字為 hibernation，而動詞則是 hibernate，其中的 hibern- 即指「冬天」。一些動物透過不同的內部新陳代謝調節機制來適應冬季極低氣溫的能力，準備冬眠的動物會率先大量進食儲備能量，留守地感到安全的地方，然後，在最冷時期降低新陳代謝和減慢呼吸，把營養消耗降到最少，沉浸在深深的睡眠中，僅依賴體內累積的營養儲備維生。

休眠（brumation）則更像是被動式沉睡，爬蟲類在休眠前會停止進食，因為牠們的代謝率已降低到無法完全消化食物的狀態。如果天氣好轉回暖，休眠期間的動物或醒來曬太陽、少量進食和補充水分。

香港也有自然分佈的原生龜，其中包括中華鱉、烏龜、三線閉殼龜、大頭龜、眼斑水龜，主要棲息於山澗河溪、沼澤、池塘、農田等淡水生境。其中大頭龜（*Platysternon megacephalum*）在《IUCN 紅色名錄》中屬於「極度瀕危」的物種。大頭龜屬平胸龜科，身體橙啡色，呈極扁平狀，腹甲細小呈灰黃色，頭大不能縮入龜殼之內，上顎有像鷹嘴的彎喙，尾巴極長，蛇尾似的。

本來香港有著全球最健康的大頭龜族群，然而隨著寵物產業蓬勃發展，學者們發現近十年野生龜的數量急劇下降，大約減少了百分之七十，而大頭龜的數量則減少了逾百分之八十，其中幼龜比例減少逾半，加上大頭龜性成熟需時較

紅腿象龜阿望
Chelonoidis carbonaria
陸龜科
Testudinidae

大頭龜
Platysternon megacephalum
平胸龜科
Platysternidae

長，種群需數十年才可恢復。學者估計，最快在三年內，香港的大頭龜族群將會在「野外滅絕」。

除了動物，植物也會「休眠」，其中薑科正是休眠期明顯的多年生植物。我的農田中也種有少量薑科如蘘荷、黃薑、肉薑、紅球薑等。當中又以黃薑最為頑強，春季發芽後挺直了春夏秋三個季節，直到深冬來臨，天氣變得乾燥，葉子才捨得像疲憊的手一般垂下來，逐漸萎縮乾枯，整株進入休眠狀態，此時養分會回收到泥土下的根莖當中，確保自己平安渡過不良的生長環境。

蘘荷
Zingiber mioga
薑科
Zingiberaceae

花月 ｜ 隱山的食用花

仍冷，山間經常飄捲深深淺淺的霧，空氣充斥冬天鮮有的濕氣，走在其中，像穿起一襲半透明的春的衣裳。農曆二月是萬物復甦、大地吐綠之始，空氣濕度升高，植物率先顯露嫩芽，百花搶佔先機次第盛開，因此又稱「花月」。

古代更把農曆二月十五定為「花朝節」，慶祝百花生日。南宋《夢粱錄》記載「仲春十五日為花朝節，浙間風俗，以為春序正中，百花爭放之時，最堪遊賞。」節日期間眾人結伴到郊外踏青，遊覽賞花；還會準備花朝酒、百花糕，舉辦「花朝宴」作樂。

沁涼而潮濕的氣候刺激花蕾醞釀，在香港，春季也是開花最多的季節。我在隱山小田種植不少食用花，它們以天然種植方法栽培，不含農藥和化肥；品種方面，多是不帶苦味的菊科和十字花科花朵，在秋冬隨意撒播種子，三兩個月便能開出五顏六色的花來。

菊科植物以天生天養的波斯菊（*Cosmos bipinnatus*）為主，

波斯菊屬一年生草本植物，原產於墨西哥高原地區，花色包括白、紅、紫、黃和粉紅等，在農場摘下的鮮花可以用來做招牌製品「花花曲奇」，也能在沙律和飲品上擺放幾朵，點綴日常。

除了波斯菊，我也喜歡種植金盞花（*Calendula officinalis*），葉子鮮嫩挺立，花色橙黃明亮，是春天最具標誌性的品種之一。金盞花的使用最早可追溯至古代，古人們會將花瓣敷在傷口上緩解不適。古埃及人認為金盞花能抗老化，而印度人也以其「純潔」而尊奉為神聖的花；在西方國家亦是廣為使用的草藥，主要緩解皮膚過敏和濕疹問題。

明初朱橚《救荒本草》中記載的「金盞兒花」甚至可在荒年時拿來救饑：「人家園圃中多種，苗高四五寸，葉似初生萵苣葉，比萵苣葉狹窄而厚，抪莖生葉，莖端開金黃色盞子樣花，其葉味酸。」我則喜歡利用烘乾的金盞花來浸泡初榨橄欖油，再加入蜂蠟做成藥膏使用，對皮膚敏感有良好的舒緩作用。

中國早有食用鮮花的歷史，早在二千多年前的戰國時代，詩人屈原把自己「餐花飲露」的經歷寫在《離騷》裡面：「朝飲木蘭之墜露兮，夕餐秋菊之落英。」並且借木蘭秋菊比喻君子的高潔品行，表達了自己不願與世俗同流合污的志向。

唐朝之後，鮮花入饌之風日盛，唐代武則天嗜花成癖，在位

波斯菊
Cosmos bipinnatus
菊科
Asteraceae

金盏花
Calendula officinalis
菊科
Asteraceae

時會在「花朝節」令宮女採集百花，和米搗碎，蒸熟成糕後分賜臣下，這種宮廷糕點就叫「百花糕」。

南宋進士林洪所著的《山家清供》被認為是流傳迄今最為完整的野菜食譜，記述山野人家待客時所用的清淡田蔬，在書中亦提及數種以花作為原料的「花饌」，如「荼蘼粥」、「雪霞羹」、「梅粥」等。荼蘼（薔薇科薔薇屬）竟能入饌？沒錯，還清楚告訴你煮食方法：「其法採花片，用甘草湯焯，候粥熟同煮。」

另外「雪霞羹」也叫我耳目一新，做法乃用已去掉花蕊的錦葵科「芙蓉花」，以湯焯之，再同豆腐煮，最後加入胡椒或薑調味，成品「紅白交錯，恍如雪霽之霞」，因此名為「雪霞羹」。

又因為宋人對梅花情有獨鍾，《山家清供》還記載好幾項梅花食譜，如「蜜漬梅花」、「梅花湯餅」、「梅粥」等。「梅粥」做法亦饒富情趣：「掃落梅英揀淨洗之，用雪水同上白米煮粥，候熟入英同煮。」在自家門外挑選最美的梅花，以雪水把上等白米煮開，放入落英同煮。詩人楊萬里還曾為此粥賦詩：「才看臘後得春饒，愁見風前作雪飄，脫蕊收將熬粥喫，落英仍好當香燒。」

到了元明清，以花入饌已愈見精緻。《雲林堂飲食製度集》記載了元代用橘花、茉莉、蓮花來製作花茶。清代李漁在

木蓮
Manglietia fordiana
木蘭科
Magnoliaceae

《閒情偶寄》中說:「花露者,摘取花瓣入甑,醞釀而成者也。薔薇最上,群花次之。」李漁還讓妻子在煮飯時預備花露一盞,「俟飯之初熟而澆之,澆過稍閉,拌勻而後入碗。」在米飯剛熟時灑上花露,再稍燜一會,讓米飯也散發花的清香,更講究香花品種:「露以薔薇、香櫞、桂花三種為上,勿用玫瑰,以玫瑰之香,食者易辨,知非穀性所有。」

古人對各種植物性情顯然非常熟悉,活在現代的城市人反見貧乏。香港人愛吃十字花科菜蔬如椰菜、菜心、白菜、芥

蘭等，卻未必知道在香港種植「葉菜」其實也有季節性；春末、夏季、秋季雨多蟲也多，十字花科「葉菜」難以安然存活，只有在涼冷蟲少的冬天才適合生長。

另外不少人認為「葉菜」開花等於「老」，故葉菜花朵經常被忽視甚至嫌棄，然而我在農田觀察，發現十字花科對蜜蜂而言是極具吸引力的蜜源植物，各種菜花體積雖小，但蜜糖花粉充足，加上大面積的栽培，開花時不但美化景觀，也分泌甜液供蜜蜂採集利用。

迷你薔薇
Rosa x hybrid
薔薇科
Rosaceae

鮮花能夠惠及人類及昆蟲，也能給我所飼養的陸龜阿望「加餐」。我自「香港兩棲及爬行協會」領養阿望，牠主要進食水果及各種花草。阿望喜歡五顏六色的花，野外的黃鵪菜（*Youngia japonica*）、毛西番蓮（*Passiflora foetida*）是其所好，牠也喜歡吃我所種植的波斯菊和火龍果的花（又稱「霸王花」）。

火龍果正名為量天尺（*Selenicereus undatus*），屬仙人掌科，花朵巨大，直徑達十五至二十五厘米，花開時驚為天人。一如同科近親曇花，量天尺的花也有夜開特性，然而每朵花的生命不足十二小時，第二天日出後即告凋謝，是名副其實的「夜仙子」。「霸王花」則是它的別稱，其藥用價值始載於《嶺南採藥錄》，謂其能「理痰火咳嗽，和豬肉煎湯服之」。把花朵摘下曬乾，可配瘦肉煲湯，煲湯後質感順滑，甘味微寒，入肺經，能清熱潤肺，是為嶺南地區的特色食療佳品。

我慶幸在農場建立之始已闢建「食用花區」，各種美花香草滿足了視覺和嗅覺，更激發味蕾，讓我們在品嚐食用花過程中，感受到自然的絢爛。豔麗色彩和誘人香氣交織成活力四溢的彩畫，當中更有小生物在花間忙碌飛舞：蝴蝶翅膀在陽光下閃閃發光，蜜蜂發出嗡嗡聲，加上遠方各種鳥鳴，一時間，田園充滿著生命脈動，展現天地間自然的和諧。

火龍果
Selenicereus undatus
仙人掌科
Cactaceae

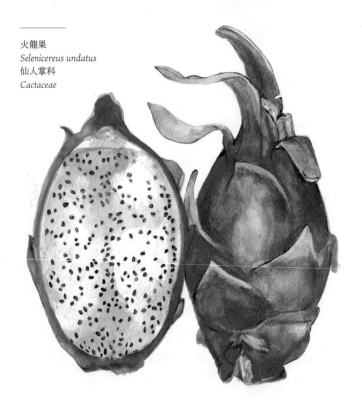

火龍果的花

荔月 | 離枝的果實

「尋花」並不一定靠眼睛，有時聽覺是更好的工具；當我們聽到樹上圍繞著「嗡嗡嗡」的聲音，也不用多想，必定是樹上開花，蜜蜂們正在花團錦簇中努力工作。

三月陽光溫暖，春風徐徐，晨光穿過樹梢的縫隙，把樹下的陰影拉得長長的，抬頭，果樹開始萌芽，抽出帶著微紅的新梢，其中最令人期待的當屬芒果樹和荔枝樹了。香港的荔枝樹和芒果樹常在三月到四月間開花，自巢中醒來的蜜蜂亦準時蓄勢待發，準備迎接即將到來的繁忙季節。芒果花紅色、荔枝花淡黃色，小花密鋪整個樹冠，更像燃起滿樹花火，風吹過，更散發出淡淡的清香，令人心醉神迷。

芒果（*Mangifera indica*）屬於常綠大喬木，原產印度，喜高溫潮濕的天氣，適合於香港生長。植株可高達十五米，枝條高高聳入天空，葉子濃密、樹冠渾圓，如打開了的綠色巨傘，遮擋著烈焰似的太陽，並將日光能量轉移到濃綠的樹葉和金黃的果子上。

它在原產地印度栽培歷史悠久，古稱「菴摩羅」，常種植於

寺院作為遮蔭樹與果樹使用，佛經中，偶然會記載佛教世尊於「菴摩羅樹」下講課的情境。也用「菴摩羅」開花多但結果稀少的情形，來比喻發心向菩薩道的人雖多，但獲得成就的人很少。

中國古代有關芒果的詩詞不多，其中一首為清朝孫元衡寫的〈檨子〉（「檨子」乃芒果的閩東語）：「千章夏木布濃陰，望裡纍纍檨子林。莫當黃柑持抵鵲，來時佛國重如金。」夏天眾多的芒果樹遮蔽陽光，形成濃密的陰影；遠望之中，芒果林裡原來果實纍纍呢。切莫把它當成普通的黃柑，隨便拿去擲烏鵲；它從佛國移植過來，貴重如金啊！

芒果
Mangifera indica
漆樹科
Anacardiaceae

麗蠅
Calliphoridae

芒果是漆樹科，花蜜非常少而且味道特殊，對蜜蜂、蝴蝶來說不夠香，通常在沒有選擇下才會飛到芒果花上；反而是外觀亮綠的麗蠅特別喜歡芒果花，會主動去碰觸協助授粉；果農察覺這點，因此會在花季投放有臭味的東西在果樹旁邊：廚餘、動物排泄物，甚至是魚的屍體，這些對我們來說是惡臭難聞的東西，對於蒼蠅卻是不可抗拒的香氣，「臭味相投」的牠們悉數前來，翅膀和腳上攜帶著花粉，為果農帶來結果的希望。

結成的芒果也是我的「私心消暑好物」，果肉黃澄多汁、鮮嫩柔軟、味道濃甜，冰凍在雪櫃中，食用時刮出中間肥美的果肉，讓它睡在有涼意的鐵匙羹上，宛如珍寶般閃耀著光芒。每吞一口，都讓人感受到大自然的慷慨。

春天開花的芒果樹，最快等兩三個月才結成果子，成熟之時，已屆炎炎夏日了。

古稱農曆六月為「荔月」，是夏季最炎熱的月令。有別於外來種的芒果，古代文人雅士對華南原生種的荔枝似乎更為熱情。蘇東坡曰：「日啖荔枝三百顆，不辭長作嶺南人」，嶺南一帶氣候濕暖，極為適合荔枝（Litchi chinensis）生長，被視為荔枝的原生地。現在廣東、廣西及海南的原始森林中仍然可以找到野生的荔枝樹。荔枝樹的枝葉在夏日中顯得更加繁茂，三月花期，經過兩個月的成長，結出紅豔豔的果子。剝開外皮，果肉白淨鮮美，質地柔軟透光，入口即化，帶著甜和香。

早在公元前二世紀，司馬相如之著作〈上林賦〉，已記載了荔枝的原名：離枝。離開的「離」，樹枝的「枝」，擁有浪漫又帶悲傷的名字，是因為果實一離開樹枝，就不易保存，詩人白居易巧妙地形容荔枝短暫而珍貴的特性：「若離本枝，一日而色變，二日而香變，三日而味變，四五日外，色香味盡去矣。」

荔枝也講究品種，當中以「妃子笑」名字的由來最為人津津樂道。傳說唐玄宗為了博得楊貴妃一笑，不惜遠從嶺南（即今天的廣東地區）運送荔枝至遙遠的長安城。為了保持荔枝的新鮮，必須透過快馬驛傳、日夜兼程地將這珍貴的水果送至皇室。杜牧的詩〈過華清宮〉中，更是生動地描繪了這

荔枝
Litchi chinensis
無患子科
Sapindaceae

枇杷
Eriobotrya japonica
薔薇科
Rosaceae

一幕:「長安回望繡成堆,山頂千門次第開,一騎紅塵妃子笑,無人知是荔枝來。」隨著快馬穿過華清宮,揚起塵埃的同時,也響起了楊貴妃的笑聲。

荔枝木是上乘木材,材質硬重,堅韌耐用,不怕水的浸泡,木材上有波浪狀的花紋,還會微微反光,這讓我想起我居住的荔枝角,它原名為「孻地腳」,為客家話,解作兒子沙灘上的腳印。就像小孩子在沙灘上留下淺淺的腳印,又像質地易變的「離枝」,香港這城市,滄海桑田,明年今日,又會變成什麼模樣?

除了荔枝和芒果,香港的春天還有其他的果樹開花結果,例如枇杷和番石榴。番石榴真是一個多姿多彩的水果,外皮略帶淺綠,外形含蓄;然而切開果實,淡紅色果肉竟然綻放出滿室的果香。

隱山農場裡也有果樹開得繁盛,例如香水檸檬,在踏入栽種的第三年,檸檬樹比當初粗了幾倍,枝條的頂端部分也紛紛爆出粉紅色的檸檬花蕾。勤勞的小蜜蜂和胖胖的木蜂天天來訪,搶吃當天綻放、帶濃烈檸檬香的花蜜。我聽著蜂的聲音,心中樂透了,我種的植物不僅餵飽了蜂,花朵成功授粉後再過五個月,夏末初秋的日子裡,我預計每天都能享受一杯冰凍醒胃的新鮮檸蜜了。

瓜月　│　收瓜了

一些罕見、鮮有人栽種、稀少古怪的植物經常在我的隱山小田中出現。充滿好奇心的我，渴望理解植物的整個生命週期；由種子發芽、植株成長、到開花結果，就像人生不同階段都值得賞味。在面積只有一斗（約七千平方尺）的隱山，倒也種了不少招牌農作物。

自然界中，植物是最具生命力和多樣性的類別之一，若要區分植物，可從它們的形態、結構和生長習性入手。四種主要的植物類型包括：草本、灌木、喬木和攀藤；相比於弱不禁風的草本植物，灌木與喬木擁有木質化的枝幹，感覺較堅強。當中灌木生長低矮而且繁密，喬木則常有一枝明顯主幹，就是大眾定義中「樹」的模樣了。

我會這樣形容：春天是草本農作物的季節，它們矮小，由葉子和莖組成，生長快速但壽命較短，香港人常吃的葉菜如椰菜、生菜、菜心等均屬草本植物。另外，田中所栽種的食用花如三色堇、月見草、波斯菊等也在春季迎來爆發期；在春風吹拂的季節裡，林林總總的花朵為田畦帶來瑰麗浪

漫的色彩。

夏天為大地帶來雨水，高溫多濕的環境，造就攀藤植物的世界。我們在春分後播種各種攀藤類：苦瓜、冬瓜和節瓜，當然還有上年備受好評的四角豆及夜香花等。攀藤植物是特殊的，莖較軟弱（我們總是調侃它們「無腰骨」），通常無法獨立支撐，需要攀附其他物體，才能向上生長，爭取向陽的位置。攀藤們接受烈陽與雨水的洗禮後快速成長，農場由「花花世界」過渡成「瓜瓜世界」。

於我而言，在夏天種植農作物有一定難度，除了農夫必須抵受烈陽與高溫，也因為隱山屬於以「自然生態教育」為主題的農場，連有機除蟲劑都少用，因此田裡蟲蟲可謂五花八門；從日夜吃瓜葉的小甲蟲「黃守瓜」，到破壞力驚人的「椿象」，或是大大隻、口器強勁、能咬破樹枝的「天牛」，在隱山田內皆隨處可見。

《詩經·豳風·七月》曰：「七月食瓜，八月斷壺。」瓜果通常於農曆七月成熟可食，故又稱為「瓜月」。「瓜」是葫蘆科果實的統稱。在中國，早於春秋時期即有瓜的記載。《詩經·大雅·綿》曰：「綿綿瓜瓞，民之初生，自土沮漆。」當中「綿綿瓜瓞」意指「同一根連綿不斷的藤上結出許多大大小小的瓜」，後人引用為祝頌子孫昌榮，成為傳統文化中的吉祥圖像。

黄守瓜
Aulacophora indica
金花蟲科
Chrysomelidae

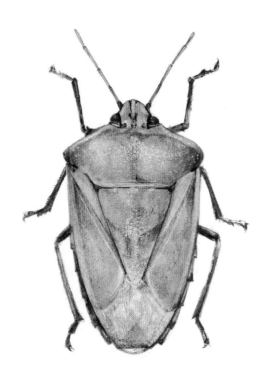

稻綠椿
Nezara viridula
椿象科
Pentatomidae

第二章 四季

苦瓜（*Momordica charantia*）原產自熱帶亞洲，味中帶苦，性寒涼，因此又名涼瓜。雖然味道苦澀但有清涼解毒之效，約在唐朝時引進中國，元代馬臻〈新州道中〉詩云：「車道綠緣酸棗樹，野田青蔓苦瓜苗。」可見當時人們已廣為種植苦瓜。

苦瓜品種繁多，現時全球的苦瓜品種約有四十種。較出名的如雷公鑿苦瓜，又短又肥，色澤翠綠，肉厚瓤少而苦味重。台灣所出產的白玉苦瓜，由於外形雪白漂亮，入口清甜，苦味較輕，近十幾年亦深受歡迎。而香港人的最新寵兒莫過於沖繩苦瓜，顏色深綠，外形瘦長，紋理細緻，苦味重而回甘強，是苦瓜中的極品。

然而香港果實蠅肆虐，種植苦瓜也有一定難度。苦瓜皮脆肉嫩，往往雌花還未開，果實蠅已在子房裡面產卵，農夫往往只能在網室內種植，並用人工受粉的方法使之結果。

瓜中身形最巨者當為「冬瓜」。冬瓜（*Benincasa hispida*），是一年生蔓性草本，屬葫蘆科，冬瓜屬中的唯一物種。冬瓜原產中國南部及印度，現於東南亞地區廣泛栽培。大小因品種而異，由數斤到數十斤不等。冬瓜一般可以貯存十二個月之久，口感滑嫩，味道清甜，是中華料理中經常使用的食材。例如，冬瓜盅是著名廣東菜式；將冬瓜掏空後，放入各種肉類和香料，以文火燉熬而成，既能品嚐到冬瓜的清甜，又能享受湯中其他食材的豐富口感。

香港農夫常種植白皮冬瓜及青皮冬瓜。白皮冬瓜的表面覆蓋著一層厚厚的白霜，瓜肉比較薄，瓜瓤的部分較多，而且肉質鬆軟，炒食為佳。青皮冬瓜則較實淨，味道甘甜，適合涼拌或者燉湯。

糖冬瓜是另一種常見賀年食品。人們將冬瓜去皮、切成條狀，經糖漬後，再曬乾，便可直接作為糖果食用。在台灣，冬瓜茶也是一種非常受歡迎的飲品，製作過程跟糖冬瓜相似，把去皮切好的冬瓜塊加入砂糖、水、黑糖熬煮數小時，使之變成果醬，以方便儲存。冬瓜茶不僅口感甘甜，而且具有解渴、清熱的功效，是非常好的消暑飲品。

順帶一提，大眾經常把冬瓜與節瓜混淆。節瓜（*Benincasa hispida* var. *chiehqua*）是冬瓜的變種，又稱「毛瓜」（外皮有層黃白色絨毛而得名）。節瓜在植物學上與冬瓜（原變種）不同之處在於：子房披污濁色或黃色糙硬毛，果實也遠較冬瓜細小，長二十五厘米，直徑十厘米內，成熟時披糙硬毛，表面亦無白色的蠟質粉披。

宋代鄭清芝曾寫過一首詠冬瓜的詩，云：「剪剪黃花秋後春，霜皮露葉護長身。生來籠統君休笑，腹裡能容數百人。」注意這裡「腹裡能容數百人」的「人」，其實也是「仁」的諧音字，指冬瓜籽；在詩人的筆下，冬瓜不單只是一種食物，而是變成低調樸實、深藏若虛的象徵，極具禪意，值得人們學習。

苦瓜
Momordica charantia
葫蘆科
Cucurbitaceae

冬瓜
Benincasa hispida
葫蘆科
Cucurbitaceae

瓜類品種極多，可甜可鹹；東漢「建安七子」之一的劉楨，曾在曹植的宴席上即席創作〈瓜賦〉。〈瓜賦〉是中國第一篇以瓜果內容入文的詠物賦，以華美的詞藻細膩描述甜瓜之色、香、味，當中有句：「應時湫熟，含蘭吐芳，藍皮密理，素肌丹瓤……析以金刀，四剖三離。承之以雕盤，冪之以纖絺。甘逾蜜房，冷亞冰圭。」

意思即是：眼前的瓜兒日漸成熟，散發幽幽香氣，果實的外皮鋪滿細緻紋理，內部質嫩而瓜瓤帶紅。瓜果在漢魏時期是珍貴食品，人們對其珍而重之，食瓜時以金刀剖瓜，用精美貴重的器皿盛載，尾句以「甜過蜂蜜」描述瓜之味道，「涼似冰玉」來形容瓜的質感。肉質細膩、口感涼爽甘甜的瓜，像是夏日的微風拂過炎熱的臉龐，帶來一絲絲的清涼，令人「怡神爽而解煩」矣。

菊月 ｜ 花之隱逸者也

小時候覺得菊花「老土」，長大後因園藝工作接觸歐洲菊科，才慢慢進入其五彩繽紛的世界，後來當作者，甚至農夫，才驚覺菊科對人類多方面的身心滋養。全球菊科約有一千屬，多達三萬品種，廣佈於全世界。它與日常生活息息相關，如我們平時常吃的生菜、油麥菜、萵筍、茼蒿等都屬菊科；拿起家中那支殺蟲水，成分欄中幾乎都有「除蟲菊」；病了要喝苦茶，所用的澤蘭、紫菀、艾、白朮、牛蒡、蒲公英等皆為常用而重要的中藥植物。菊之美也滋潤了我們的靈魂，翠菊、大麗菊、金光菊、金雞菊、藍眼菊及許多種類，它們美麗多彩的花可供觀賞。

農曆九月正是菊花盛放的時期，古人稱之為「菊月」。傳說東漢時，汝南人桓景拜「方術士」費長房為師，某日費長房說：「九九重陽這一天有災禍，你與家人必須登高飲菊花酒，在臂上繫以茱萸囊辟邪，方可免災。」桓景當天早出夕還，竟見雞犬牛羊全部暴斃。自此每年到了重陽，人們習俗上都要登高飲酒。然而居住平原的百姓因無山可登，就在重陽節這天自製重陽糕點，因「糕」與「高」同音，「吃糕」也就被賦予「登高」的意思了。

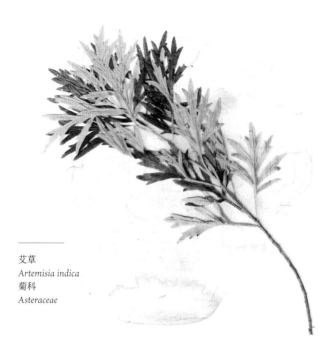

艾草
Artemisia indica
菊科
Asteraceae

藍眼菊
Osteospermum
菊科
Asteraceae

由於重陽節正值菊花盛開、蟹脂填腹的時候，因此又是古代文人雅士賞菊聚會的日子。古典名著《紅樓夢》裡也有「過重陽」的情節，當然不乏節日雅趣；如在第三十八回，由史湘雲做東、薛寶釵出資舉辦一席「螃蟹宴」，邀請賈府上下在大觀園中賞桂、飲酒、吃蟹，盛況空前。宛如一幅繪聲繪色的宴享圖，眾人邊啜酒邊品蟹，笑語喧騰，歡聲如潮。賈母一旦餐畢，這片喧囂暫時散去，眾人便各尋所愛，紛紛投入到其他雅興中：有的在花叢中徜徉；有的則在清澈的池塘邊戲弄錦鯉；有的繼續於飲宴之樂，沉醉於不願醒的醉人夢境。一切皆無拘無束，透著一股隨性而瀟灑的風範，大觀園裡的這一刻，恍若與世隔絕的桃花源，人人都沉浸在自由與詩意之中。

菊花展現出不同風采，有的花團錦簇、色彩斑斕，卻也有氣質幽美的品種，它們或淡雅或清遠，在靜謐的角落，以一種超脫塵俗的姿態默默開放。宋代周敦頤〈愛蓮說〉云：「水陸草木之花，可愛者甚蕃。晉陶淵明獨愛菊……予謂菊，花之隱逸者也」。東晉詩人陶淵明隱居田園，酷愛菊花。每當秋季來臨，他家門前的山坡上到處綻開野菊，競豔爭芳。他時常踏露採菊，和酒而飲，對菊而歌，寫下許多詠菊的詩篇，如「採菊東籬下，悠然見南山」已成流芳千古的絕句。在後世詩詞歌賦中，菊花甚至因陶淵明採菊東籬而獲得「籬菊」、「籬花」之名。

日本絨螯蟹
Eriocheir japonica
弓蟹科
Varunidae

日本絨螯蟹
Eriocheir japonica
弓蟹科
Varunidae

菊花因其花色為黃，在古代有尊貴、神聖及高雅的象徵，又因菊花盛開於寒霜交侵的秋季，便引申出其堅貞、脫俗、高潔的文學內涵，正如《全芳備祖集》所指「苗可以菜，花可以藥，囊可以枕，釀可以飲」，所以「高人隱士籬落畦圃之間，不可一日無此花也」。

香港在農曆九月仍甚炎熱，喜歡涼爽氣候的菊科植物多於初春開花，農曆九月的隱山田間通常是洛神花的天下。在某個陽光照遍的週末早上，火紅花萼在田邊迎風搖曳，幾位路過遊人站在田邊，好奇地討論著植物的芳名；一位男士說是「蓮霧」，但隨即被友人否定了，旁邊的女士說到嘴邊又答不上，直到我說出「洛神花」時，他們幾乎同時發出「哦」。看似豔麗嬌貴的洛神花，在我們農夫眼中，卻是野性又強悍的作物。

洛神花（*Hibiscus sabdariffa*）是錦葵科灌木，高達一兩米，主幹多分枝，花在夏秋間開放，花冠淡黃色或粉紅色，非常漂亮。它生長於熱帶和亞熱帶地區，原產於西非、印度等地，在廣東、廣西、雲南、台灣一帶也有培植。至於為什麼大家都叫它「洛神花」？原來是因為其英文 Roselle，讀起來就像中文的「洛神」云云。洛神花除了好看好吃，還含有果膠、花青素、維生素 C 等成分，堪稱植物界的「紅寶石」。阿拉伯人把果萼泡的茶稱為「蘇丹茶」，並時常飲用，而歐洲人很早就從非洲進口乾品，用作果子凍、調味飲料等。另外，由於洛神花所含的紅色素可作為紅色著色劑，也

能應用於飲料、糖果、雪糕、果酒等食品加工。

食用部分是「果萼」，味道酸如山楂，除了用來做洛神花茶外，也可用來做果醬。鮮品買回來時會連著果實，故在做飲料及果醬前，先要把洛神花處理好。我們先把新鮮洛神花用清水沖洗乾淨，然後在尾部切下五毫米左右，你會發現裡面有粒蒴果 ，內有五室，具腎形種子。直接用手指將種子由後方往前推出，只留下果萼。

洛神花
Hibiscus sabdariffa
錦葵科
Malvaceae

　　　　　　　　　　　　第二章　四季

以下是洛神花飲和果醬食譜，在此與大家分享：

新鮮洛神花飲
1. 五升水煮滾，將已處理的五百克洛神花萼加入，大火煮五分鐘，再轉小火煮五分鐘。
2. 將洛神花撈起瀝乾，保留起來做果醬。
3. 洛神花水中加入適量的冰糖調味。
4. 直接熱飲或放涼冷藏飲用皆可。

洛神果醬
1. 玻璃瓶先放熱水煮沸（目的是殺菌，延長果醬保存期），撈起晾乾。
2. 已煮熟的洛神花加入一百克的糖及一湯匙檸檬汁混合均勻，並加入少許檸檬果皮絲以增加風味。
3. 用小火煮十至十五分鐘，期間必須邊煮邊攪拌至濃稠，然後關火。
4. 趁熱裝進消毒過的玻璃瓶，倒放直到放涼。

在種植要點上，洛神花對土地適應力強，粗生粗養，無須細心護理，也能長出鮮紅飽滿的美麗花萼。它喜歡陽光，不耐霜凍，但適應性強，既耐旱也耐瘠。記得今年晚春播下種子培苗，中秋過後已有收成，期間沒太多蟲害，唯一是颱風來臨的日子令我擔驚受怕：因為洛神花看似強悍，但其實屬於淺根植物，遇到強風暴雨容易伏倒，嚴重時甚至整棵枯萎。

它們早上開花，但花朵短命，中午前就凋萎，要賞花的話要早起床。花謝後，花萼及子房逐漸長大，等待約半個月的熟成，就可以採收飽滿多汁的豔紅果萼。

我原本只打算種五十棵洛神花，種子的生命力卻出乎意料地頑強，竟然都一一發芽了，後來「見縫插針」地把幼苗都種地定植下來。錦葵科植物大多爆發力強，開花時，也以驚人的速度橫向生長並且抽高。後來我走在結果期的花叢中修剪植物、固定枝條時，人們說洛神花長得這樣高，都看不到花田中的我了。初秋的金風在早上偶然吹過，正值洛神花豐收好時節，我把新摘的鮮嫩的紅果捧在手心，感受到農人簡單的愉悅滿足。

剛收成的洛神花

　　　　　　　　　　　　　　第二章　四季

植物不僅僅是風景，

更是日常生活的重要夥伴，

對於那些願意靜下心來聆聽的人來說，

它會慷慨地分享其智慧和秘密。

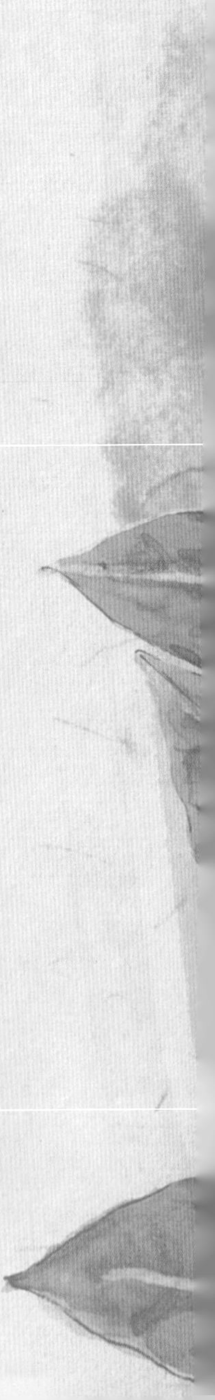

第三章

日月星辰

SUN, MOON & STAR

初一　　披著星光夜行

沒有月照的初一夜裡星星更亮。我不懂星宿，只能依稀記起孩童時代讀過的兒童百科全書的內容，裡面總有一些遙遠而浪漫的星宿名字，如令人神往的天狼星、充滿故事性的織女星，這些名字像是古老的詩句，激起我對浩瀚宇宙的無窮幻想。還有些簡單知識，例如天際最光的金星和木星，還有由三顆星連成的「獵戶座腰帶」之類，這些經典的標誌性星群，即使是天文學的初學者也能輕易認出。

童年的我還從星宿之中，學懂階級觀念。星星原來跟人類社會一樣，也分等級，零等星最光亮，然後一、二、三、四等級順序排下去，愈往後的愈暗。

在我居住的荔枝窩，夜間極為僻靜，但當然在某個方向的角落，難免染上人世間的光害污染，那依稀聽得到的「砰砰」的聲音，是遠方邊界外運輸碼頭貨櫃互相撞擊的聲響。抬頭，漆黑中有時也能見到緩慢前行的星星，啊，小時候的我總以為那是 UFO……但哪來這麼多 UFO？長大後才知那只是在大氣層內橫行的人造衛星。

我認為自己本質還是天真浪漫的，孩童時代對一切關於星宿的東西著迷：小時候喜歡 *Little Twin Stars*，長大一點看《聖鬥士星矢》。偶然會參加小童群益會舉辦的暑期觀星營，用紙製的觀星圖指向銀河；偶然看到流星時，還真的會許願。

中學時代亦難免與同學化成神婆，讀星座書、看星盤，談十二星座的是是非非，把惡運都歸咎水星逆行；後來不流行十二星座了，現在人們都在測 MBTI。

星宿是奇異的，「光年」這個概念，惶惑我整個童年。光年本義是「光走了一年」，大約為九點四六兆公里，屬於長度單位，卻同時蘊藏了時間的意味。譬如，我們觀察離地球一點六億光年遠的星球，由於看到的影像從星球出發，經過一點六億年後才到達地球，因此在望遠鏡中看到的，其實是該星球一點六億年前的樣子。一點六億年前是怎樣的概念？當時地球的恐龍大概還存在；但光走了那麼多距離，耗費光陰進入我們眼簾時，恐龍已經滅絕了。

另外童年的我也無法接受原來星星也有壽命的殘酷真相，它們如同生物一般，經歷著出生、成長和衰老的過程。那些曾經炙熱燃燒的巨星，發出數十億年的耀眼光芒後，會膨脹成為紅巨星，最終因為耗盡中心的氫燃料，核心開始收縮，外層則膨脹並拋射出去，形成一層層璀璨的星雲。最後紅巨星萎縮成一粒白矮星，孤獨而緩慢地冷卻，直到成為宇宙中的石頭。這樣的終結似乎與它們曾經的輝煌不相稱，

卻見證了時間的無情和星辰的命運。

我經常在荔枝窩帶生態夜行導賞。每人拿著一支手電筒在黑暗中射出光柱，偷窺在黑暗中活動或休息的動物們。我們經常照到夜間覓食的野豬（*Sus scrofa*）和東亞豪豬（*Hystrix brachyura*），或是因求偶而歌聲大作的蛙類，夏秋之間偶然會飄過幾隻螢火蟲，還會聽到夜蛾撲向花朵的微聲。溪澗裡米蝦日夜常在，而沼蝦還是老樣子，伸出大螯，不斷威武地驅趕其他入侵領地的水中動物。

村中有貓頭鷹，領角鴞（*Otus lettia*）和褐林鴞（*Strix leptogrammica*）會分別發出不同的「owl」和「huhuhu」的鳴叫，憑叫聲我們可以辨別品種。有時牛群會在大樟樹之下結伴休息，把滿地的枯葉當成大地的床鋪，牠們總是非常安靜，有時我們走得很近，才在黑暗中發現牠們躺下來的龐大身軀。相反，夜間的村狗比起日間凶猛，總是對著未知的黑影狂吠。

我有時會在黑暗中看海。灘上的夜晚，形成一個獨特空間，海風輕拂，海浪的聲音成為了這片寧靜中的主旋律。沒有月亮的晚上，星星在夜空閃爍，與海中心的燈塔互相呼應。

海浪一波接一波地輕輕撞擊著海岸，每次浪花撲至岸邊，都伴隨著一連串的細小水珠和泡沫，然後慢慢退去，留下濕潤的痕跡在暗黑中微微閃動。

野豬
Sus scrofa
豬科
Suidae

東亞豪豬
Hystrix brachyuran
豪豬科
Hystricidae

領角鴞
Otus lettia
鴟鴞科
Strigidae

呼吸著帶有鹹味的海風，心隨浪潮起伏。我居住的海邊沒有細沙，幾乎都是岩巉的礁石，赤腳踩上去定必流血刮傷。在這樣的環境下生活，難怪村民都粗粗獷獷，不會太斯文，也經常吵架。

某個初春夜裡我在海邊夜行，在退潮時分，找到一塊拱形金屬板，反轉了，擱淺在近岸的石上，我帶著好奇觀察，竟發現上面黏有百多個手指頭大小的、半透明的「小氣球」，頭尖尾尖、外觀如「水晶餃」。

我翻了資料，原來那是墨魚的卵；春天三月，當海水漸趨溫暖時，也是俗稱墨魚的虎斑烏賊（*Sepia pharaonis*）交配的合適季節。已配對的雌雄墨魚洄游至近岸海域，以頭對頭的方式進行交配，幾小時內，雌墨魚便會開始尋找合適的地方產卵。

那時我手中的金屬板，原來正是墨魚育幼的產房，卻被海浪沖到岸邊，裸露在海風之下，顯然不是理想地方；於是我搖著頭，把沉重的金屬板重新拖曳，重新投放至海中水深的位置。

據說墨魚產卵後，在水溫二十三至二十五度的環境下，約需三十天孵化。當墨魚卵即將孵化時，會變得愈來愈透明，還可以清楚看到裡面的小墨魚胚胎在輕微抖動。

我水性極差，對於海洋生物一竅不通，就連八爪魚、章魚、墨魚、烏賊、魷魚……如何分辨也搞不懂。但因為偶然找到墨魚卵，姑且試下查資料，乘機學習。啊！才知道原來八爪魚就是章魚，墨魚就是烏賊。牠們同屬頭足類動物，腳長在頭上。但八爪魚屬於「八腕總目」，有八條觸鬚，而墨魚和魷魚屬於「十腕總目」，比八爪魚多兩條長長的觸腕。

在外形方面，瘦長而頭頂成三角形的是魷魚，整體圓渾扁身的是墨魚；八爪魚體形則呈球狀，非常立體。內在結構方

面，八爪魚體內沒有「骨骼」，身體十分柔軟；墨魚有一塊白色厚硬的「墨魚骨」，而魷魚則有一片像塑膠片的薄軟骨。

在噴墨技能方面，牠們全都有墨囊，每當受到威脅便會噴出大量墨汁作掩護逃走。

《蘇軾文集》中就有「烏賊自蔽」的描述：「海之魚，有烏賊其名者。咄水而水烏。戲於岸間，懼物之窺己也，則咄水

虎斑烏賊
Sepia pharaonis
墨魚科
Sepiidae

以自蔽。海鳥視之而疑，知其魚而攫之。嗚呼！徒知自蔽以求全，不知滅跡以杜疑，為窺者之所窺。哀哉！」意思就是說：海裡的魚，有一種叫烏賊，噴出的汁液能使海水變黑。牠在岸邊嬉戲，怕被別的動物看見，就噴出汁液隱蔽自己。海鳥看見就知道那裡有魚，馬上飛來抓牠。唉，烏賊只知道自蔽以求全，卻不懂得消除行蹤，讓來意不善者有機可乘，可真悲哀啊！

我喜歡黑夜多過白晝——也許由於體質的關係。我畏光，在白花花的太陽下會偏頭痛，必須嚴密地戴上帽子然後架上太陽眼鏡。我喜歡躲在陰影中一動不動，成為大自然的一分子，最好你見我唔到。我經常發呆，呼吸緩慢，精神渙散得就像自己本身就是一棵樹。

村裡面某位長者最喜歡嚇人，總是問村中獨居的年輕人或駐村藝術家：「夜裡你一個人住不怕鬼嗎？你一個人走夜路不怕嗎？走過墳頭點算？嘩，換轉係我就唔敢行了。」對此我覺得好笑，活人的靈魂跟死人的靈魂也一樣是靈魂，我判斷靈魂的參照點並不在於「生」與「死」，而是在於心地「善」或是「不善」。

無盡的黑暗將我擁抱，有時難免恐懼。但打開手電筒夜行，頓時發現自己並非孤獨，萬物總伴隨身旁，與我常在。

十五 ｜ 潮汐漲退中的生命躍動

月亮，古稱太陰，是環繞地球運行的唯一的天然衛星，也是離地球最近的天體。

月球本身不發光，只是反射太陽的光，精研天體物理學的宋代學者沈括在其著作《夢溪筆談》中提到月亮的本質：「月本無光，猶銀丸，日耀之乃光耳。」

月亮圓缺的各種形狀叫做「月相」。月有四種主要月相，分別為：新月（農曆初一日）、上弦（農曆初八左右）、滿月（農曆十五日左右）、下弦（農曆二十三左右）。它在圍繞地球公轉的同時，也隨地球繞日運轉，太陽、地球、月亮三者的相對位置不斷變化；身處地球的觀測者從不同角度看到月球被太陽照明之部分，望見不同的月相。其實，四大文明古國最初都是採用「陰曆」的，主要是因為月亮外觀的變化易於觀察，人人都看得見，對古時一般生活需要來說，以月相的變化（即新月＞上弦＞滿月＞下弦＞新月）來計算日子，的確比較方便。

月亮亦與海洋的漲退相關。天體之間具有萬有引力，海水受到太陽及月球引力拉扯，產生週期性的升降漲退現象，稱為「潮汐」。值得一提的是，早在東漢時期，中國先賢們就體認到月球運動影響潮水漲落。其時思想家王充在《論衡》中記載：「濤之起也，隨月盛衰，小大滿損不齊同」，新月的朔日和滿月的望日牽動潮漲，朔日往東上漲，望日往西上漲。此描述對世界古天文史來說，具有前瞻意義。

日月常在，古詩詞中經常出現「月亮」意象。它有時代表和諧美滿，有時代表愁思萬千；如蘇軾〈水調歌頭〉當中「明月幾時有，把酒問青天。不知天上宮闕，今昔是何年……人有悲歡離合，月有陰晴圓缺，此事古難全。但願人長久，千里共嬋娟」。人世間的悲歡離合，就像月的陰晴圓缺，不可強求，作者並不悲觀，最後把失落轉化為祝福，成為千古傳誦的佳作。

住在山海旁邊，我對潮汐感受更深刻。初一十五漲退最大，海岸的風景早晚不同；潮漲時走到碼頭，我一抬腳便能跨到船上去。潮退時海洋退出另一片寬闊風景，岩石露出了赭紅的原色，顯得古老寂靜，人很渺小，天地很大，一不留神還以為自己被流放到外星去。

香港彎曲的海岸線構形成大小海灣，造就多種潮間帶的環境，如紅樹林、沙坪、泥灘等。據漁護署資料顯示，全球逾六十種紅樹，香港就有其中八種。紅樹可分為「真紅樹」

和「類紅樹」兩類。真紅樹常有特殊的結構適應鹽分極高、地基不穩、缺氧等惡劣環境；類紅樹則生長在紅樹林的後緣，它們未必有特殊結構，卻也比一般植物強韌，能適應高鹽分的環境。

紅樹林是香港其中一個最重要的生態系統。紅樹的落葉提供豐富的食物予魚、蝦、貝類等生物，同時亦形成屏障，為動物們提供棲息場所。在荔枝窩紅樹林，你能找到不同的紅樹林植物，而紅樹林邊緣也擁有具地區標誌性的白花魚藤（*Derris alborubra*）。

香港其他地方的白花魚藤一般只有手指般粗幼，這裡的卻有百多年歲數，平均直徑約二十至三十厘米。白花魚藤一圈又一圈像野林間的過山車路軌，有些彎彎地攤在地上，有些懸在半空，交纏其他樹木，高高低低、纏纏繞繞。

白花魚藤旁邊的地上，也有不少大小如合桃的銀葉樹（*Heritiera littoralis*）果實，因為形狀像鹹蛋超人頭，有「鹹蛋超人果」的花名。把果實擺在手心細看，發現大多是中空的，硬殼上有一兩個被破開的洞，估計被經常出沒的野豬及東亞豪豬所咬。銀葉樹露出地面的根部也極具特色——為了在高低起伏的潮水中站穩住腳，銀葉樹演化出大得像塊扁平木板的「板根」，緊緊抓住鬆散的大地。

白花魚藤樹林旁邊有小小的泥灘，泥面有一個個招潮蟹所挖

白花魚藤
Derris alborubra
豆科
Fabaceae

銀葉樹果實
Heritiera littoralis
錦葵科
Malvaceae

掘的小洞。招潮蟹穴居海灘，具堅硬的頭胸甲、一對可以抓東西或用作打鬥的螯和四對步行足。雄蟹常由自己所掘的洞穴走出，舉起大螯上下搖動，目的是要霸佔地盤、趕走敵人；但古人浪漫，認為牠們正在招攬潮水，故給牠們「招潮子」之名。唐代劉恂《嶺表錄異》卷下有此記載：「招潮子，亦蟛蜞（古人稱蟹為蟛蜞）之屬。殼帶白色。海畔多潮，潮欲來，皆出坎舉螯如望，故俗呼招潮也。」

荔枝窩海邊以弧邊招潮蟹（*Uca arcuata*）最為常見，牠們頭胸甲寬度約三厘米，背緣中部呈圓弧凸起，眼柄細長，像小小的火柴枝。雄蟹其中一隻螯特大，大螯外側呈紅色，兩指則呈白色。牠們棲息在較為泥濘的河口沼澤及紅樹林泥灘地，會下挖深約十五至三十五厘米的洞並住在其中，退潮時再鑽出洞口，在附近活動及覓食。蟹是雜食性動物，主要攝食腐爛樹葉、水生植物、有機碎屑及動物屍體。

雄性招潮蟹常揮舞大螯以「招潮」動作守護領土和求偶，另一隻小螯就負責把食物送進口裡。如有其他雄蟹走近地盤，牠們便會搖動大螯作為警示，先是威嚇，繼而動武，大螯成為強而有力的搏鬥武器。雙方以大螯交接角力，強方將弱方舉起，推到一旁，通常不出幾秒已分勝負。

細心看，也能發現一些在濕潤的沙上左蹦右跳的小魚，那是廣東彈塗魚（*Periophthalmus modestus*），牠們嘴部朝下，以攝食藻類、有機碎屑質及無脊椎動物為主。全球有超過

弧邊招潮蟹
Uca arcuata
沙蟹科
Ocypodidae

二千種鰕虎科魚類，廣東彈塗魚是其中一種。彈塗魚擁有大眼睛、脹鼓鼓的腮和有力的尾部，一雙健壯胸鰭令牠們可在濕地泥面上滑行。雄性體形較大，經常為保衛地盤跟入侵者決鬥。繁殖季節，雄性常常把灰褐色的修長身體升起，並展開引以為傲的華麗背鰭吸引雌性，跳著複雜的求偶舞。當牠們自泥面躍彈至半空，身上及鰭上的條紋及斑點，總是泛著暗沉而未經雕琢的原始光芒。

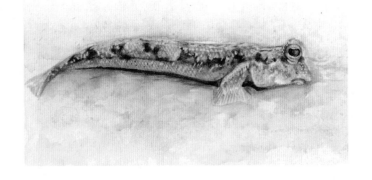

廣東彈塗魚
Periophthalmus modestus
背眼鰕虎魚科
Oxudercidae

農曆新年　｜　除舊歲、做年糕

地球繞太陽一圈，曆法上叫「一年」，循環交替，永無止境。人們常以農曆「正月初一」為一年的歲首，每年農曆十二月三十日（年三十晚）過後，新年就算正式來臨。

農曆新年也稱「春節」，是全年最盛大隆重的節日之一。在這一天，不論身處何地，華人都會聚在一起，與家人共度佳節，共同迎接新年到來，並祈願新的一年幸福吉祥，萬事如意。

中國的春節有著超過四千年的悠久歷史，起源於虞舜時期。在遙遠的公元前兩千多年，虞舜（公元前二二八五—公元前二〇七三年）即位為「天子」那天，他引領屬下們向天地祭拜；人民遂將當天視作新一年的開始，即正月大年初一，這就是我們今日所認知的農曆新年的起源了。

臨近春節，為迎接新一年的來臨，人們忙於採辦年貨、買揮春、全屋大掃除。母親也總會從街市買來一兩束黃皮和碌柚樹的葉子，吩咐我們按照傳統習俗，用葉子煲熱水沖涼，

更要全身「由頭淋到落腳」，以去除上年度的衰氣、霉氣，祈求來年事事如意。

我把新鮮翠綠的葉子放進湯煲，不一會，清透的水泛出微黃，清新草氣隨煙霧飄出，一缸除垢的「吉祥沐浴淨身水」即告完成。我通常會在肥大的碌柚葉上倒上洗頭水，乾脆用葉子捽頭捽身，最後淋水淨身；看著帶泡的污水捲進坑渠，心中有著說不出的舒坦。

至於鄉村裡面的長者們，常用的葉子跟城市人稍為不同，會以石菖蒲取代黃皮葉，加入碌柚葉煮滾成水後，用來抹神像、打掃家居及洗澡。

石菖蒲（*Acorus gramineus*）屬菖蒲科，為多年生草本植物，其根莖具氣味，常作藥用；分佈於亞洲，包括印度東北部、泰國北部、中國雲南及長江流域、韓國、日本、菲律賓與印尼等國，多生在山澗大石的空隙中。

長長的葉子因為長期受到流水洗擦，看起來清爽乾淨、不帶一絲灰塵。石菖蒲的根莖生命力頑強，在古來已受文人雅士注意，蘇軾在〈石菖蒲贊〉中讚頌石菖蒲「忍寒苦，安淡泊」：「石菖蒲並石取之，濯去泥土，漬以清水，置盆中，可數十年不枯。雖不甚茂，而節葉堅瘦……至於忍寒苦，安淡泊，與清泉白石為伍。」

宋代文人愛種花草，甚至視為石菖蒲為書房內的雅設。野生的石菖蒲常生於水中石頭之上，栽培時無需泥土，這種乾淨的狀態不僅雅觀，而且特別適合擺放在書齋中。盆養的石菖蒲被稱為「石上菖蒲」，宋代詞人陸游極愛菖蒲，常到山間撿石頭、接泉水養之：「今日溪頭慰心處，自尋白石養菖蒲」；蘇軾也是愛煞菖蒲的詩人，也會以「爛斑碎石養菖蒲，一勺清泉半石盂」，兩人對石菖蒲的盆景種植甚有心得。

在新春時節，除了洗邋遢，當然也不忘準備應節賀歲食物。

廣東地區的傳統是在除夕夜以年糕祭神和供奉祖先，即使沒有拜神習慣的家庭，也要在家裡擺上一塊，因為年糕和「年高」諧音，寓意「步步高升」。傳統賀年年糕由糯米、片糖及豬油等製成，蒸熟後更會加上紅棗作為點綴，色澤橙紅，味道清甜，米香濃郁，口感軟綿彈牙。食用時再切成細片，蘸上蛋汁，以中火兩面煎香。

碌柚葉
Citrus maxima
芸香科
Rutaceae

石菖蒲
Acorus gramineus
菖蒲科
Acoraceae

平時在城市買到的紅糖年糕通常五六寸大小、重一兩斤左右。客家村過年時會與家人鄰里「開大鑊」蒸大年糕，動輒用上數十斤糯米粉，是城市長大的我難以想像的超大分量。梅子林村的客家人利用淡水溪澗找到的柊葉來製作巨大版年糕。尖苞柊葉（*Stachyphrynium placentarium*）屬於竹芋科，是多年生草本植物，廣泛分佈於亞洲南部，形似芭蕉葉，氣味清香。

尖苞柊葉
Stachyphrynium placentarium
竹芋科
Marantaceae

村民們先以糯米粉及蔗糖調配粉漿，再倒進圓籠蒸熟。圓籠是六角編織法的竹製器皿，竹篾之間有大孔縫隙，因此村民會在溪澗旁邊搜集修長的尖苞柊葉，將之重疊鋪設，再在底部鋪上翻白葉樹（*Pterospermum heterophyllum*）的葉子以作鞏固，以防年糕粉漿滲漏及黏底。

幾十斤的年糕

二十寸的圓籠盛滿年糕粉漿，下有燒得旺盛的柴火，村民需要時刻「睇火」，常常為蒸籠加水，並且不時攪拌，以確保年糕內外徹底蒸熟。經過十小時的蒸騰，特大年糕終於出爐了！村民從圓籠倒出已放涼變硬的巨型硬年糕，外形就像英美常見的、呈鼓狀的大芝士！把外層的葉子撕掉後，會以不鏽鋼線把巨大年糕割成小份，與親友分享心思成果。我也曾經嚐過味道，年糕切塊後用雞蛋漿蘸之，再以小火慢煎，咬來煙韌可口、甜而不膩，而且切糕過程熱鬧好玩，實是客家村落過年的其中一個重點節目。

為了過年前能以柊葉做糕過節，據梅子林村民所講，每家

每戶都會在田邊濕潤的地方種植大叢柊葉。我在「森林村落」中另有「培植原生植物」的任務，其中一個欲多繁殖的品種正是尖苞柊葉。

尖苞柊葉屬顯花植物，固然也會開花結果，它的花序先端具刺狀小尖頭，外形就像淺黃色海膽，摸起來岩嶙堅硬，然而能夠成功發育的種子數量極少，故主要還是以分株作為繁殖方法。移植時須將植株種於近水的地方，環境帶蔭，不能直曬，否則會灼傷葉面。它們粗生，所需肥料不多但水量要足，花期在二至五月，果期則為八至十月。

在遠離喧囂城市的村落，居民與大自然和諧共生，悠久的智慧薪火相傳。植物不僅僅是風景，更是日常生活的重要夥伴，對於那些願意靜下心來聆聽的人來說，它會慷慨地分享其智慧和秘密。

清明節　｜　祭禮與茶粿

一早起來忽然春霧迷漫，村、田及遠山，濃罩著厚厚薄薄的霧。空氣仍是冰涼的，卻帶著濃重的濕，深呼吸起來，身心都洗了一遍。水氣的增加也令植物葉子表面凝聚一層水珠，把人間的泥塵掃走之餘，也公平地潤澤每一株植物。

隨著季候風的來臨，氣溫逐漸上升，大部分地區的氣候變得溫和宜人。降雨量也顯著增加，正如詩人杜牧的詩句所述：「清明時節雨紛紛」，春雨促使植物茁壯成長，枝葉繁茂，滿目春色。清明，是農曆二十四節氣之一。元代吳澄所著的《月令七十二候集解》說道：「三月節……物至此時，皆以潔齊而清明矣。」三月萬物潔淨，碧空如洗，空氣清新，處處風光明麗，花卉草木在大自然中呈現出欣欣向榮之象，一洗寒冬的枯槁與蕭條，所以叫做「清明」。

清明節原初只代表一種節氣，逐漸地卻演變成紀念祖先的節日，這種變化原來與「寒食節」的由來有關。

民間傳說中，在春秋時期晉國公子重耳為了逃避「驪姬之

亂」被迫流亡至國外。落難的重耳曾因找不到食物而極度飢餓，這時候忠心隨臣介之推竟然做出驚人之舉！他秘密地走到隱蔽處，從自己大腿上忍痛割下一塊肉，烹煮成肉湯給重耳飲用，讓他恢復精神。

十九年後，重耳回到晉國，成為晉文公，他慷慨地獎賞了當初陪伴他流亡的功臣，卻忘記了介之推。對此，介之推並沒有自認功勞，反而選擇帶著母親隱居去了。當晉文公得悉此事，並記起當年介之推「割股」之事後，決定親自去找他。然而，介之推已經離開家鄉，隱居於山高路險的綿山。

在尋人過程中，有人建議用火燒山逼他出來。大火燒禿整座山，但介之推依然不出。火種熄滅後，人們才發現他背負著母親在一棵老柳樹下慘被燒死。晉文公深感悲痛，將燒焦的柳木帶回宮中，製成一雙木屐，每天看著它嘆息道：「悲哉足下。」

為了紀念介之推的忠誠與犧牲，晉文公下令將其忌日定為「寒食節」，並禁止民眾在這一天生火煮飯，只能吃冷食或涼拌食品。這就是寒食節的由來。

到後來，由於寒食節與清明節日子相近，民間常將兩者的習俗合併。清明節習俗中最重要是祭祖和掃墓，起源據說始於古代帝王將相「墓祭」之禮，後來民間亦相倣傚。成長在城市的我，祖輩過世後一般都火葬，並把骨灰安放佛堂供

奉，因此對於鄉村掃墓種種儀式感覺陌生。

我在鄉間以外來者的身份、觀察者的角度，偷看人們大包小包地來到墓地，先是打掃，除去墳墓附近的草木、為石碑蒙塵的字體重新上漆，然後放上祭品、水果、茶酒，裝香、燒紙錢。在黑色紙碎乘著火舌升到半空的時刻，全家人在祖先的墓碑前默默祈禱，憑弔亡者過去的種種。最後燃放劈里啪啦的鞭炮，以嬉笑歡樂結束整個祭祖儀式。

客家飲食文化中，又以「清明仔」和「清明茶」跟清明節直接相關。荔枝窩客家人認為清明前的植物經過春雨滋潤，植物初芽新發，性質平和而不帶毒性，故客家婦女流行在清明時節成群結隊，到野外採集清明茶藥材，如三葉五加（*Eleutherococcus trifoliatus*）及三椏苦（*Melicope pteleifolia*）等，製成用於日常保健的清明茶。此茶由數十種草藥混合而成，藥效多用於治療感冒發熱、利尿解毒、止瀉補虛等，在古時醫療藥物缺乏時，使用相當普及。

至於清明仔其實就是雞屎藤茶粿。跟村民談天，才知以前每逢過大節，客家人常會製作茶粿贈送親朋戚友。客家茶粿鹹甜俱備：鹹茶粿有眉豆餡及蘿蔔絲餡；甜茶粿則有花生椰絲及蓮蓉餡。其中特別值得介紹的，是顏色黑黑沉沉的雞屎藤粗葉茶粿。

三葉五加
Eleutherococcus trifoliatus
五加科
Araliaceae

　　　　　　第三章　日月星辰

三椏苦
Melicope pteleifolia
芸香科
Rutaceae

雞屎藤及粗葉均為香港原生植物。雞屎藤（*Paederia scandens*）為多年生草質藤本，屬向陽性植物，長可達三至五米以上，常攀援於其他植物或岩石上；葉被揉碎後會有股如雞屎的臭味，故有「雞屎藤」之名；可內服、浸酒、搗敷或煎水洗，主要功效是祛風除濕、消食化滯、解毒消腫。

在雞屎藤數量不足的情況下，就會加入「粗葉」增加滋味。粗葉即為苧麻（*Boehmeria nivea*），葉背密披的白色絨毛。它是重要的植物纖維作物，可用作生產麻布及紙張。中國是世界上苧麻栽培及利用歷史最長的國家。一九七五年，在浙江河姆渡發掘一處六千年前的新石器時代文化遺址，當中出土了苧麻繩索和完整的苧麻葉片。

苧麻古來就是中國人民重要的天然紡織原料，公元前六世紀春秋時期的《詩經》之中，在《陳風·東門之池》篇中有「東門之池，可以漚紵。彼美淑姬，可與晤語」之句，當中的「漚紵」正是「浸泡苧麻」的意思，是古籍中關於苧麻最早的文字記載。

苧麻除了用作紡織，也可食用，一些地方早有食用苧麻葉的傳統。苧麻葉莖含有一定分量的糖分，每一百克含糖量為九克，可用於釀酒和製糖；也含有豐富的天然色素，民間常將苧麻葉用於食品著色，例如製作茶粿時，將嫩葉揉入糯米粉中製成糕點。

雞屎藤
Paederia scandens
茜草科
Rubiaceae

苧麻
Boehmeria nivea
蕁麻科
Urticaceae

不論是雞屎藤或粗葉茶粿，製作時，都會先把葉子磨碎，
再混進糯米粉中，充分搓揉；分成小粉糰後，包入甜餡料
（或是純粹粉糰，不包餡），最後放在已鋪好蕉葉的蒸籠裡
蒸熟。不消一刻，打開蒸氣騰騰的籠蓋，原本青青綠綠的茶
粿，在蒸熟後顏色竟然變得墨綠深沉！咬開軟糯煙韌的溫
熱茶粿，舌尖上滿是濃濃的植物草香。

端午節 ｜ 客家糉

隨著夏意漸濃，端午的天空有時清澈見底，偶爾則不知從哪裡捲出一堆濃雲，突然灑下陣陣強雨，雨水繞過岩石和倒下的樹木，穿透土壤，然後空氣中便彌漫雨後特有的清新與泥土的芬芳。

地面上，潤濕的落葉和枯枝交錯覆蓋，成為土壤的營養來源。在燠熱潮濕的天氣中，無數小生命靜靜地進行著分解的工作。金龜子、蚯蚓、蝸牛和其他肉眼難以看見的微生物在這裡找到了豐盛的食物，而牠們的活動又進一步活化土壤，將死亡的有機物轉化為可供植物和其他生物利用的養分。

農夫們在田間忙碌地彎腰施肥、除草，認真照料各種農作物。梅雨的降臨有時也帶來一絲憂慮，他們關注著天空，期盼雨水恰到好處，既能滋潤田地，又不至於造成積水災害。

村莊裡，已經開始為迎接端午節而作準備。家家戶戶忙著包糉子，糯米與各種餡料的香氣在空氣中交織，飄進每個人的心房。糉是端午節應節食品之一。在大徐本《說文解

字‧新附》中，「糉」字的解釋為「蘆葉裏米也」。而「糉」字右半邊「㚇」是聲符。

香港人愛吃的糉子通常呈金字塔或枕頭狀，餡料以鹹食為主，包括鹹蛋黃、豬肉、中式臘肉、綠豆和乾瑤柱等配料，餡料豐富可口。鹹肉糉通常使用糉葉包裹，綁好後煮上數小時才能食用。

甜糉方面則有金黃色的鹼水糉，用食用鹼水浸泡過的糯米所製成，傳統少有餡料，蘸白糖或糖漿食用，但「升級版」鹼水糉也會加入豆沙或蓮蓉餡，增加味道的層次。

同型巴蝸牛
Bradybaena similaris
扁蝸牛科
Bradybaenidae

自製客家糉

至於為什麼端午節要吃糉子？屈原「投江自盡」成為端午節眾多糉子起源傳說中的主流。據《史記・屈原賈生列傳》記載，屈原是春秋時期楚懷王的大臣，精通治理國家的道理，「博聞彊志」、「嫻於辭令」。懷王本來十分信任屈原，後因他人搬弄是非而疏遠了他，讓他不能參與朝廷之事。屈原對懷王聽信小人之言，不能分辨是非感到痛心。懷王死後，繼位的襄王也聽信小人的挑撥離間，將具有憂國憂民情懷的屈原趕出都城，放逐到偏遠的江南地區。兩次被小人中傷，君主不解自己的心意，屈原為抒發抑鬱不平之情，寫下了憂國憂民的〈離騷〉、〈天問〉、〈涉江〉等不朽詩篇，對後世影響巨大。公元前二七八年，秦軍攻破楚國都城，屈原眼看自己的祖國被侵略，心如刀割，於五月五日，在寫下〈懷

沙〉這篇作品後，抱石投汨羅江。村民試圖救他未果，就在河裡投米希望保護他的遺體。南朝梁人吳均在《續齊諧記》中說：「屈原五月五日投汨羅而死，楚人哀之，每至此日，竹筒貯米，投水祭之。」其後演變成端午吃糉的習俗。

然而，中國地區糉子相關的文獻最早見於西元三世紀西晉周處的《風土記》，當中並沒有提及屈原，只提到糉子的不同做法。

留下「周處除三害」傳說的周處，在浪子回頭、改邪歸正後著有《風土記》一書，成為後世考證節日來源的文獻，其中《陽羨風土記》指出：「先此二節一日，又以菰葉裹黍米，雜以粟，以淳濃灰汁煮之令熟，二節日所尚啖也。又煮肥龜令極熟，擘擇去骨加鹽豉苦酒蘇蓼，名曰葅龜……黍米，一名糉，一名角黍，蓋取陰陽尚相苞裹未分散之象也。龜骨表肉裡，外陽內陰之形。」

令我驚訝的是文中的糉子，大概更像我們鹼水糉（又名灰水糉）。「灰汁」就是將草木灰浸泡並過濾、沉澱後所得到的汁液，也就是天然的「鹼水」，混合黍米煮熟後，呈現黏稠的金黃透明膠狀，口感會變得更鬆軟柔滑。外層的葉子包裹裡面的糯米，正是「陰陽尚相苞裹未分散之象」。

更讓我目瞪口呆的是，原來古人有另一種非常「重口味」的菜單，就是把很肥的烏龜煮爛，去掉骨頭，拌上鹽、豉、苦

酒、紫蘇、蓼等調味料，名字叫「菹龜」。龜的骨骼在外，肉在裡面，亦是「外陽內陰」之形也。

端午過節時，居住梅子林村的客家原居民也會自製甜鹹兩糭。鹹糭放滿紅蔥頭、花生和蝦米；甜糭則不放餡料，以灰水浸米製成灰水糭，蘸糖漿享用。

有別於餡料豐富複雜的客家鹹糭，灰水糭製作看似簡單，但其實灰水製作過程漫長而複雜，在偏遠的山區地方，非是一朝一夕能夠完成的事。

立春後，村民便開始撿拾特定品種的草木如桃金娘（*Rhodomyrtus tomentosa*）、荔枝樹（*Litchi chinensis*）、鴨腳木（*Schefflera octophylla*）、黃牛木（*Cratoxylum cochinchinense*）、松樹果實等做柴，燒水做飯後收集灶頭下的柴灰，待端午節前製作灰水。

有了以上準備，下一步是把柴灰加入水翁（*Cleistocalyx nervosum*）葉（其汁液可讓煮熟後的米飯變成漂亮華麗的金黃色）煮成的水，灰水經過層層紗布和紙張穿透而出，過程中木碎與泥塵等雜質被過濾，濾出來的水便可用於烹浸糯米。灰水除了令糯米質地變軟，更為糭子帶來清熱作用。切開已被蒸熟的灰水糭，你可發現中心有一點紅色，那是一小截「蘇木」所帶來的特別效果，雖然沒有味道，卻具有畫龍點睛之效。

由於客家村多位處「山旮旯」地方，村民傳統靠山食山，
靠水食水，主力種米、種桔之餘，偶然也會執拾岸邊海產烹
煮；村民普遍對原生動植物認識甚深，經常採摘野菜入藥及
入饌。桃金娘是酸性土壤指示植物，屬灌木的它們，耐酸也
耐貧瘠，強健粗生。

客家人稱桃金娘為「山稔」。花大而美，狀似梅花。你能發
現同一棵桃金娘開著色彩不同的花，絢麗多變；花初開為桃
紅色，隔幾天轉為淡粉紅，然後風吹瓣落，青澀果子漸大，

桃金娘
Rhodomyrtus tomentosa
桃金娘科
Myrtaceaeae

水翁
Cleistocalyx nervosum
桃金娘科
Myrtaceae

馬尾松
Pinus massoniana
松科
Pinaceae

水翁的花

成熟時色彩變深，漸現醉人的暗紫色。果實多汁，內藏細小種子，漿果去皮後可整粒放進口中細嚼，果肉味甜帶有芳香。除鮮食外，也能釀酒及製成果汁，亦能藥用，有活血通絡、收斂止瀉、補虛止血的功效。然而據說也不能多吃，會致便秘。

在遍山山稔果實的日子，村民會把吃不完的果實採集，拿到沙頭角去，與漁民交換鮮魚，至於「兌換率」，約一飯碗的果實，可換一尾魚云云。

七月一日傍晚，我做好農務，準備回到小屋時，發現遠方有
灰黑烏雲從山後迅速堆積過來，雲間還混雜雷電的咆吼。
風起了，據說，天文台馬上就要改掛八號風球；但除了固
定農田中洛神花的支架外，其實沒太多事情可以做。

在遙遠的古代，颱風如巨獸般肆虐，吞噬土地、破壞家園，
對生活造成無可挽回的傷害。然而古人並非對這些風的力量
一無所知，他們以敏銳的觀察力和深厚的智慧，探索和研
究風的本質。

《呂氏春秋‧有始覽》一書中，古人對風的觀察已經十分細
緻，在當時已有「風有八等」及「八風」之說，「何謂八風？
東北曰炎風，東方曰滔風，東南曰熏風，南方曰巨風，西南
曰淒風，西方曰飂風，西北曰厲風，北方曰寒風。」

南方的「巨風」尤為強大，這裡的「巨風」，可以說是古人
對現代所稱颱風的形象描繪。隨著時間流轉，人們對風的
稱呼也有所變化。從「巨風」變成了「颶風」，清朝時再變

成了「颱風」。記載香港開埠前歷史的重要文獻《新安縣志》亦曰，此地「六、七、八月有颶風」。農曆六至八月，大概就是西曆七至九月間，正是中國南方的颱風季節。

颱風通常在香港的夏季出現。夏天溫度高，空氣內充滿水氣，正正有利於颱風的出現。我高中時選修地理科，書本上圖文並茂地詳列颱風誕生的過程，令我沉醉入迷。在熱帶地區的海洋上，海水因受太陽直射，蒸發成水氣升到空中，凝結了，成為積雨雲；與此同時，水氣凝結時會釋放潛熱，令空氣溫度進一步攀升。

空氣受熱後持續膨脹，密度減少、氣壓下降，形成稱為「熱帶低氣壓」的低壓中心。由於中心氣壓最低，四周空氣便會急促湧向中心，加上地球自轉，因此北半球的對流系統會以逆時針方向旋動，形成了所謂「熱帶氣旋」。

空氣擾動令海水翻騰，使儲存於海水的熱能繼續釋放，提供能量，熱帶氣旋風力便會加強，步步升級，由熱帶低氣壓、熱帶風暴、強烈熱帶風暴，最後成為颱風。

我小時候喜歡看遊樂場的小食店店員賣棉花糖，他們用長竹籤把機器裡旋轉中的棉花糖挑捲起來，然後不斷打轉；棉花糖球愈捲愈大，才一兩分鐘吧，便大得像被吹脹的氣球，現在回想起來，那種捲糖的過程，跟颱風的形成也有幾分相似。

天文台終於掛起八號烈風信號，回家途中我經過荔枝窩村廣場時遇到一頭小黃牛（*Bos taurus*），牠那副天不怕地不怕的樣子令我佩服，然而我又同時想到，颱風下，動物們活在沒有穩固建築物保護的野外，到底如何度過惡劣的日子？

其後天氣轉差，膽小的寵物鸚鵡「嘈格」不安地呱呱大叫，我整晚龜縮屋裡，躺在床上聽著風雨聲音，不斷撳電話更新風暴消息。

小黃牛
Bos taurus
牛科
Bovidae

和尚鸚鵡嘈格
Myiopsitta monachus
新世界鸚鵡科
Psittacidae

颱風過後新聞網頁如此總結：「暹芭在七一回歸日逼近，天文台在晚上七時十分改發八號風球，直至七月二日下午四時二十分才改發三號風球，為時二十一小時十分，為歷來第九『長命』的八號風球。」

我想起總是戴著太陽眼鏡的快艇船長明哥說：「颱風登陸有『東登』、『西登』之分，颱風『東登』的話會有地形作屏障，山脈能夠阻擋猛風，『西登』則沒有遮擋，就大件事了。」

風雨過後的下午，我立刻跑到隱山田察看，打算清理災難現場：幾棵洛神花倒了，部分水坑積滿了水，災情不算嚴重。由於需要儲存雨水，我在隱山田置有數個大藍膠桶，那天經過藍桶時，竟然發現一隻黑色的傻鳥浮在水面！那是一隻八哥鳥，可憐地向我叫了幾聲，我便用乾毛巾捲著帶回家去。

八哥（*Acridotheres cristatellus*）全長約二十五厘米，身體幾乎全黑，頭頂前方有小小的冠羽，看起來就像六七十年代歐美老電影中那種擁有油膩髮型的小混混；嘴和腳呈黃色，飛行時可見翼上明顯的白色斑。

八哥是椋鳥（Starling）的一種，常成群出沒，聚集於適合覓食的環境，例如是開闊田野或市區的大型公園。牠們通常飛到草地或樹上覓食，以果實和昆蟲為主要食物。這種喋喋不休的鳥可以學人類說話，從前是受歡迎的寵物鳥。

黃牛群在野外走動時，八哥就像跟屁蟲在旁邊活動，甚至乾脆站在牛背上；原來在長期的演化過程中，聰明的八哥們發現，當牛在農田走動時，總會驚起泥面的一些小型昆蟲，因此只要乖乖地跟在牛旁邊，便可輕鬆享受豐盛餐點。而八哥在取食的同時，也幫助牛隻驅趕討厭的昆蟲，兩者處於一種互利合作的關係。

八哥
Acridotheres cristatellus
椋鳥科
Sturnidae

灰鼩鼱
Crocidura attenuata
鼩鼱科
Soricidae

後來經過田裡面的小水坑，竟又發現另一隻小動物跌落水
氹！我趕緊把牠撈起來，用另一條乾毛巾包好，仔細一
看，那是不大常見的小型哺乳動物鼩鼱。

鼩鼱（音讀：渠蒸）擁有一身灰黑絲滑的短皮毛，嘴部尖
狹，驟眼看起來跟老鼠外形相像，但其實跟老鼠沒什麼關
係，甚至在分類學上屬於不同的目（Order）。這兩類的動
物在頭骨形態、食性、齒式等都差異甚大。鼩鼱鼻尖、眼
小（甚至已經退化），也與平時在市區骯髒地方見到的雜食
老鼠大有不同。香港有兩種鼩鼱，分別為臭鼩和灰鼩鼱，

我眼前的則是灰鼩鼱（*Crocidura attenuata*），廣泛分佈於香港各郊區，以泥土表層之昆蟲幼蟲或小型無脊椎動物為食。因為體形細小，不足十厘米，再加上通常在夜間活動，故不常展露於人類眼前。

「分類學之父」達爾文（Charles Darwin）提出了「物競天擇」的概念，指出這是大自然中所有生物所遵循的準則，弱者註定被淘汰。天地有大美，卻不仁慈，但人有惻隱——我把這兩隻濕透失溫的動物輕輕捧著帶回家，用風筒把毛皮逐一吹乾後，再把牠們放歸自然去。

中秋節　｜　山中日月

中秋是我最愛的傳統節日，一家共敘吃喝，燈影處處，月滿團圓。「中秋」一詞最早出現在《周禮》一書中，但直到唐朝才成為固定節日。（《唐書·太宗記》記載有「八月十五中秋節」）；到了宋朝，中秋節開始於民間盛行，北宋《東京夢華錄》記載：「中秋夜，貴家結飾台榭，民間爭佔酒樓翫月」，顯示已發展出中秋特有的慶祝活動；及至明清，中秋節已與元旦齊名，成為中國的主要節日之一。

我成長於中秋節會玩火煲蠟的年代，對於小孩而言是一年一度鍛鍊勇氣的日子。現在一切講求安全，紙製燈籠變成膠燈籠，我們不再點火了，但孩提時代蠟燭晃動的光影，久遠地深深印在腦海中：蠟燭的火焰是溫柔的，它們在靜夜裡閃爍，提醒我們，即使在最黑暗的時刻，總有一絲帶有溫度的光明。

四年前的二〇一九年，荒廢數十載的梅子林村才剛恢復供電，我參與「天、地、人——梅子林藝術活化計劃」，在村內獨自駐留三個月，繪出村內多幅生態壁畫。一晃眼四年

過去，不同機構先後進駐梅子林村，進行各式各樣的建設和文化活動；多間村屋先後展開復修項目，新的村屋落成入夥了，山坡的荒廢梯田重新開墾種植，間隔成露營區，給予公眾與別不同的森林體驗，村內還設置了不同的活動設施場所，例如「嫂仔廚房」成為大家煮飯食飯聚會吹水之地。每隔一段時間再來梅子林，都會有新的變化、新的驚喜。

二〇二三年中秋追月夜，香港大學的「森林村落」團隊在梅子林村舉辦了「光影梅子林：二〇二三追月晚會」，以燈籠、光影裝置點綴村落，又邀請昔日村民與各方好友齊聚梅子林村歡度中秋佳節。

當天我也在派對聚會中吃喝玩樂，除了喝酒、燒烤、紮燈籠和猜燈謎，還有傳統拜敬月亮的儀式。中秋圓月升起時，客家人們早早便在庭院和樓台，那對著月亮升起的地方，擺滿各種各樣中秋食品；水果和月餅自然不可少，還有芋頭仔、不同種類的花生（那天就有炸魚皮花生、焗花生、花生糖）和造型獨特如蝙蝠的菱角。

「月餅」一詞最早見於南宋吳自牧的《夢粱錄》，其時的月餅只是一種狀似菱花的民間糕點，後來漸與中秋意念結合，演變成圓形，寓意團圓美好。

但最為人津津樂道的始終還是元末「八月十五殺韃子」的月餅傳說。其時中原人民不堪忍受元朝統治階級的殘酷統

治，醞釀抗元的情緒；朱元璋遂聯合各路反抗力量，準備起義，然而朝廷官兵搜查嚴密，消息傳遞困難。後來中秋節將近，軍師劉伯溫想出一計：命令屬下把藏有起義訊息的紙條藏入餅子裡面，再派人傳送到各路起義軍中。漸漸城裡的人都知道消息，起義之時老百姓一呼百應，一時間星火燎原，朱元璋迅速攻下元大都，最後建立明朝。

後來朱元璋將傳遞秘密訊息的「月餅」作為節令糕點賞賜群臣，吃月餅的習俗便在民間流傳；當然後世的「月餅」製作愈來愈精細，品種也愈來愈多，現在已成為饋贈親友的佳品。

自製月餅

近十幾年不須烘烤、餡料新穎、外皮類似麻糬的冰皮月餅大行其道，然而我還是最喜歡傳統的廣式月餅，蛋黃愈多愈好，三黃月餅或四黃月餅是不二之選；母親就更講究了，不要白蓮蓉，必須是味道更濃郁的黃蓮蓉。雖然卡路里很高，

小芋頭
Colocasia esculenta
天南星科
Araceae

香水檸檬
Citrus medica
芸香科
Rutaceae

膽固醇超標，但一家人分著吃，一年一度，也沒太多節制了。

中秋後天氣明顯轉變，早晚溫度差距變得懸殊，乾燥的空氣令喉嚨發癢，碰巧隱山田裡的檸檬樹進入豐產收成期，一下子就收成六七十磅果實，遂打算做一批陳皮冰糖燉檸檬。我田種了不少檸檬樹，品種為「香水檸檬」，皮稍厚，但極香，而且個頭大，比市售的西檸體積大一半，最適合製作燉檸檬。

香水檸檬原名枸櫞（*Citrus medica*），是芸香科柑橘屬的一種。樹枝有短而堅硬的刺，一年多次開花，顏色為白色，外側帶些紫色。它們生長於高溫多濕環境，起源於南方地區，其栽培史在中國已有二千餘年。東漢時楊孚《異物誌》稱之為「枸櫞」，唐、宋以後，常稱之為「香櫞」。

宋代最大的類書之一《太平御覽》轉載《廣州記》中對枸櫞的描述：「枸櫞樹似橘如柚，大而倍長，味奇酢，皮以蜜煮為糝。」枸櫞樹長出如柚大的果實，味道很酸，人們把枸櫞皮用蜜糖煮成碎粒，這大概就是冰糖燉檸檬的雛形了。

用清水和毛刷擦走果實表面的灰塵，用廚房紙抹乾。切掉頭尾，縱向一開六，挑掉果籽，再切薄片。放入與檸檬同等分量的冰糖，添增已浸泡至軟的切絲陳皮，然後用壓力鍋加壓燉煮數小時，最後把成品倒入已消毒的玻璃樽，即成。

甘甜的飲品如同一陣清風，為喉嚨帶來舒緩的喜悅，尤其適合老師或售貨員等因工作關係經常需要發聲的人士。另外秋後節日頗多，當我們沒有節制口腹之慾，飽腹不適時，陳皮冰糖燉檸檬便化身一道解膩助消化的良方。

蜜餞涼果界中甚受歡迎的佛手柑（*Citrus medica var. sarcodactylis*），原來也是枸櫞的變種；果實在成熟時各心皮分離，形成眾多細長彎曲的果瓣，狀如手指，美名「佛手柑」。

枸櫞表皮有獨特的芳香，不少名牌香水會以之入香。開花時提供大量蜜源，樹上常有昆蟲「光顧」，蜜蜂總是嗡嗡賣力地在清香的花朵上採集甜美花蜜，從日出做到日落。你也能發現玉帶鳳蝶（*Papilio polytes*）或玉斑鳳蝶（*Papilio helenus*）的幼蟲住在枸櫞樹上；青色毛蟲以緩慢可愛的姿態，滋味地咀嚼滿帶馥郁香氣的樹葉，把光和植物能量轉變為自己肥滿的肉身。

中秋過後天氣漸涼，炎熱難捱、多風多雨的夏天將逐漸過去，風似乎變得更加溫柔，帶有一種輕輕拂過臉頰的和煦。秋播的種子在濃厚土壤中慢慢萌芽，經過夏日的洗禮後，農作物準備在秋日的懷抱中茁壯成長。農夫們的心情隨著溫度的下降而漸放輕鬆，滿懷希望地迎接香港農耕的黃金季節。

玉帶鳳蝶
Papilio polytes
鳳蝶科
Papilionidae

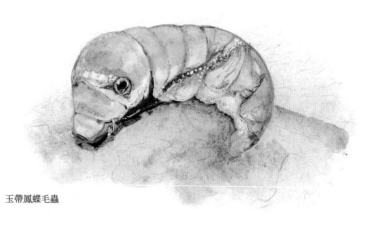

玉帶鳳蝶毛蟲

聖誕節 | 麂鹿與冬候鳥

香港的冬日田野，恬淡而又不失活力。

我所住的地方位處偏遠東北角，除了週末觀光客較多，平日過夜村民數量僅十數人，難免覺得荒涼，但正是這種冷清，令野生動物安心進駐於此：黃牛在梯田悠閒吃草，或靜躺草地午睡，夜間野豬、東亞豪豬、灰麝鼩經常可遇；褐林鴞及領角鴞整夜鳴叫。

踏入十二月，冬天終告來臨，又一批「過境季候鳥」來訪；事實上，在香港境內所錄得的五百五十種雀鳥中，大部分品種屬「冬候鳥」或「過境遷徙鳥」。數百萬計原本留在西伯利亞及中國東北部地區的雀鳥因為北方天氣轉冷、食物減少，故南遷至中國南部、東南亞、澳紐等地越冬，而這種每年隨季節變化而遷徙的雀鳥，便稱為「冬候鳥」或「過境遷徙鳥」。

遷徙鳥每年都會跟隨本能，依循遷徙航道飛行，聯群結隊在繁殖地和渡冬地往返；全球共有九條候鳥主要飛行航道，

褐林鶚
Strix leptogrammica
鴟鴞科
Strigidae

而香港正位處「東亞―澳大利西亞」飛行路線中的一點。在長途的遷徙過程中，牠們需要補給及歇息，而香港北部的魚塘、泥灘和紅樹林等濕地生境，正是大量候鳥的「中途站」或「終點站」。

芸芸各種冬候鳥中，大家似乎對黑臉琵鷺（*Platalea minor*）較為熟悉；位處天水圍的香港濕地公園及元朗的米埔自然保護區，因擁有大片淡水沼澤，每年冬季都吸引屬於全球瀕危物種的黑臉琵鷺前來覓食及作暫時棲息。牠們在三月至九月期間，只於南北韓西部海岸至中國遼寧省之間的小島上繁殖；其後則會南遷至內地、日本、南韓、越南、泰國、菲律賓，以及台灣、香港、澳門等沿岸地區過冬。在香港

黑臉琵鷺與大白鷺

越冬的黑臉琵鷺平均佔全球總數兩成，是鳥類保育的一大標誌。

台灣詩人劉克襄曾寫〈黑面琵鷺〉詩，曰：

空曠意味著安全
遼闊包含了幸福

如此遙望時
在團體間
我們傳遞著白色的溫煦

以及，摩挲著
一些
黑色的孤獨

我們是北方的森林
在南方的海岸棲息

黑面琵鷺來自北方的森林，而現在又於海岸棲息，飄泊南北，惟有在空曠遼闊的空間中互相依靠，以團體的溫度驅去不安全感。

我習慣朝早落田，其時也是觀察鳥類的好時光，此處常見的冬候鳥或過境遷徙鳥包括以優雅的碎步行走並上下搖動

尾羽的白鶺鴒（*Motacilla alba*）、全身帶著金屬藍色的躁動小鳥銅藍鶲（*Eumyias thalassinus*）、活躍又不大怕人的橘色毛球北紅尾鴝（*Phoenicurus auroreus*）、與枯草顏色相近的懷氏地鶇（*Zoothera aurea*），還有那堆橄欖綠色中夾雜黃色的金翅雀（*Chloris sinica*）──牠們大概睡醒不久，在清晨時分總是帶著半分痴呆，站在電線桿或竹枝上整理羽毛。

白鶺鴒
Motacilla alba
鶺鴒科
Motacillidae

懷氏地鶇又叫虎斑地鶇，屬冬候鳥。嘴及腳呈淡黃色，全身金褐色而有黑色鱗狀斑紋，腹部斑紋較稀疏呈奶白色，而尾巴外緣有明顯的白點。常單獨出現，翻動地上的落葉或泥土，尋找當中的蚯蚓和昆蟲為食。身上的虎斑紋有隱身在環境裡的保護色效果，警覺性高，常於林緣或森林小徑上活動，驚飛時離地不高，但快速又安靜，一下子就消失不見了。

北紅尾鴝
Phoenicurus auroreus
鶇科
Turdidaeae

銅藍鶲
Eumyias thalassinus
鶲科
Muscicapidae

倒也有不少古典詩詞提及「鶺鴒」，早在《詩經》已出現小鳥之名，《小雅‧鹿鳴之什‧常棣》篇曰：「脊令在原，兄弟急難。每有良朋，況也永歎。兄弟鬩於牆，外禦其務。每有良朋，烝也無戎。」《詩經》是中國最早的詩歌總集，收錄西周初年至春秋中葉約五百多年間的約三百首詩歌，分「風」、「雅」和「頌」三大類，其中「雅」是宮廷樂歌，又分為「大雅」和「小雅」。〈鹿鳴之什‧常棣〉通過比喻來傳達兄弟之間互相支援的情感和義務。詩中一句「脊令在原」，以須飛過原野的鶺鴒鳥比喻處境艱難的兄弟，「兄弟急難」則說明在遇到困難時應當相互幫助。

除了以上各式各樣的鳥鳴，有時還會在早上聽到悲悽的「狗吠聲」——那是赤麂（*Muntiacus muntjak*）獨特的叫聲。

赤麂是本港受保護的野生動物；體長一米，肩高約五十厘米。牠們面部狹長，身體精壯，四腳細長，善於奔跑，全身有亮澤的、黃褐色的短毛，並擁有乳白色的腹部。雄麂有突出上顎的犬齒，頭上並有黑色小角（雌性則無角），眼下長有發達的眶下香腺，能分泌香油，留下味道以「宣示主權」。

這些赤麂除了交配季節，一般獨居。牠們個性謹慎，多在清晨及黃昏尋覓野果及幼葉為食糧，白天則隱蔽在灌叢中休息。類近牛羊，赤麂也是森林中的反芻動物，能將胃內的食物倒流回口腔內再次咀嚼。受驚時能發出極為響亮的、類似狗吠的叫聲，故又俗稱「Barking Deer」。

赤麂極膽小，稍被驚動即狂奔疾馳；心臟也弱，曾有受傷赤麂誤墮引水道，消防員追逐一番後終將之救回路邊，豈料竟被活活嚇死。野狗是赤麂的主要天敵。某次走大嶼山看到一頭剛死去的年幼赤麂，眼睛仍然鮮亮，後腿及尾部被咬去，相信就是野狗所為。要見野生赤麂非常困難，想看的話，建議到大埔嘉道理農場去，那裡有幾頭熱情的圈養赤麂，會以濕潤的鼻子哄你。

文學上，早於先秦古籍《山海經·中山經》已有「麂」的記錄。明朝李昌祺的文言短篇小說《剪燈餘話·聽經猿記》曰：「萬片霜紅照日鮮，飛來階下覆苔磚。等閒不遣僧童掃，借與山中麂鹿眠。」落紅不是無情物，化作春泥更護花，風搖葉落，其實不用急於掃走，就借予山中靈麂枕著睡眠吧。

大自然總是在每個夜裡，

為大大小小的植物澆一趟水，或洗一遍澡，

把人世間混濁的塵埃帶走，

然後逐一安撫滋潤。

第四章

時光

THE TIMES

晨曦 | 黎明前的露水和晨間的鳥

野外世界是你無法想像的明淨，只要走過黎明前充滿沁涼露水的草地，你便能理解當中真諦。

露水，是夜裡神秘地出現的稀薄的小水滴；當物體表面溫度降低，水氣化成液態凝聚在表面，這時，每片樹葉、每根小草，都公平地被露珠逐一輕吻。大自然總是在每個夜裡，為大大小小的植物澆一趟水，或洗一遍澡，把人世間混濁的塵埃帶走，然後逐一安撫滋潤。

在草坪上觀賞蜘蛛網也是賞心樂事。蜘蛛把網結在矮小的禾本科植物上，平時並不起眼，然而在夜裡捕網眾生的淚和夢，並在清晨凝結水珠，織成白白的、細緻的小網兜。

放眼一數，一幅小草地往往就有好幾十個。

天色放亮不久，鳥兒陸續醒轉，開始細碎地鳴叫，我通常也在此時起床，泡一杯咖啡、寫半篇稿子，然後換上裝束，下田工作。路過田邊小徑時四處張望，時有罕見的豹貓或食

蟹獴出沒，在霧中留下若即若離的身影。未完全睡醒的小鳥在電線桿上並排而坐，通常略帶睡意地整理羽毛。冬春遷徙季節偶爾發現不常見的鳥類來訪，有幾種特別令我感到驚艷。

戴勝（*Upupa epops*）

大學時有一科叫「神話與文學」，古籍《山海經》是必讀之選，當中最古老的女性神祇——西王母，其外表被形容為「狀如人，豹尾虎齒而善嘯，蓬髮戴勝」。她的形貌與人一樣，卻長著豹子一樣的尾巴、老虎一樣的牙齒；喜好嘯叫，蓬鬆的頭髮上戴著一種叫「勝」的裝飾。

原來香港也有種名叫「戴勝」的稀少鳥，偶在春季的濕地和寬闊田野出現。戴勝鳥，顧名思義就是戴著「勝」（頭飾）的鳥；牠們頭頂擁有華麗冠羽，平時收起來，興奮時就會展開，再加上橙啡色的身軀及黑白相間的翅膀，色彩明亮艷麗，當牠一躍而飛，揮動短而寬的翅膀時，就彷彿一團耀眼的橙色小火焰在空中騰躍。唐代詩人張何在〈織鳥〉一詩也描畫出戴勝鳥的瑰麗形態：「季春三月裡，戴勝下桑來。映日華冠動，迎風繡羽開。」

牠們喜歡吃小昆蟲及蚯蚓，善用長而下彎的喙啄翻泥土，從窄縫中把小生物抽出，捉到蟲子時更會如玩雜技般拋接，將食物拋向半空，再吞下肚。

戴勝
Upupa epops
戴勝科
Upupidae

在傳統文化中，戴勝鳥象徵著祥和、美滿、快樂。元代文人
吳澄編著的《月令七十二候集解》中指出戴勝鳥會在二十四
節氣中的「穀雨」時段出現。

「七十二候」為中國最早結合天文、氣象、物候知識之曆
法。以五日為候，三候為氣，六氣為時，四時為歲，一歲
二十四節氣共七十二候。穀雨時，「初候萍始生；二候鳴鳩
拂其羽；三候戴勝降於桑」。翠綠的浮萍開始在水中生長；

五日後，布穀聲聲，提醒人們要抓緊春播；再五日後，羽翼瑰麗的戴勝鳥飛落桑林，迎接蠶蟲季節的開始。

牛頭伯勞 (*Lanius bucephalus*)

跟紅耳鵯體形相若，牛頭伯勞卻是一種異常兇猛的小鳥。如果你稍加注意，就會發現這種特立獨行的自信小鳥喜歡站樹頂、柵欄或者電線上，在高處以銳利的目光尋找獵物。伯勞鳥的嘴尖上有鈎，以捕食昆蟲為主，一旦發現目標，就會以極快的速度俯衝捕獵。

《詩經·豳風·七月》中提到「七月鳴鵙，八月載績」，當中的「鵙」指的就是伯勞鳥。事實上，伯勞叫聲複雜多變，甚至能模仿其他鳥類的聲音。宋代羅願在訓詁書《爾雅翼》中，曾點出古代民間流傳著一個可愛傳說：當天地萬物不能鳴叫時，只有伯勞鳥能發出聲音，因此，假如用伯勞所踏過的樹枝去鞭治小孩子，即能大大加快其語言學習的速度。

古人早觀察到伯勞是雀鳥中的猛禽——指其善於「制蛇」，只要一鳴叫，蛇就會怕得盤成一團；古籍又說伯勞「夏至後應陰而殺蛇，乃磔之棘上而始鳴也」。牠們的確是冷酷的獵人，有儲食的習慣，懂得把獵物插在幼細樹枝上，然後以強壯的鈎嘴撕碎食用。

牛頭伯勞
Lanius bucephalus
伯勞科
Laniidae

褐翅鴉鵑（*Centropus sinensis*）

相比前面提到的兩種，屬於留鳥的褐翅鴉鵑體形更大，是類似烏鴉跟雉雞之間的大型鳥類。喙厚而尾長、眼睛暗紅，黑藍體色和栗色翅膀形成強烈對比。牠們擅長在地面奔走，人們常常喚牠「毛雞」或「盲婆雞」，也許正是牠「爬行多於飛行」的特性。

棲於丘陵地帶及田邊，喜歡在灌叢下層覓食活動，習性隱密，受驚時即飛奔草叢或密林，平常喜單獨活動，只有繁殖時才配對。一些狡猾的杜鵑鳥會下蛋於其他鳥類的巢裡面，令其他鳥類養其子女，但褐翅鴉鵑不如牠們，不會把育兒責任外判，會親自撫養後代。

據不少村民所講，毛雞酒（以褐翅鴉鵑浸黃酒）能夠促進身體血液循環，常用於產後血瘀、血虛、肢體發冷等，有豐富的藥用價值，因此在從前的日子，村中小童常用大網捕捉毛雞，然後在其他市集兜售，作為賺錢的渠道。

金翅雀（*Chloris sinica*）

那是一堆行為習性、外形、叫聲都像白腰文鳥（*Lonchura striata*）的小雀，通常成群出現，最多時曾在荔枝窩記錄過六七十隻。牠們品性安靜，敏感膽小，總是站得緊緊密密，一隻隻蓬鬆著毛，麻糬波波球似的在彎曲下垂的黑色電線上互相依靠。

褐翅鴉鵑
Centropus sinensis
杜鵑科
Cuculidae

大概十二月開始於田間出現，直到翌年三月離開。橄欖色的身軀頗為低調，小嘴呈三角形，愛吃禾本科植物及牡荊（*Vitex negundo* var. *cannabifolia*）的小種子。牠們通常非常安靜，像一隊乖巧聽話的幼兒園生，只有結伴飛行時才會發出微小的啁啾，飛行時翅膀上一抹金黃格外耀眼，在淺藍色天空中劃下明亮的光影。

我總是羨慕飛翔的族類，飛到人類無法企及的地方，以傲視的姿態縱觀全局，冷觀人世間的營役與繁忙。但直到很久

金翅雀
Chloris sinica
燕雀科
Fringillidae

以後，才知道這種優哉游哉只限於留鳥，候鳥的一生卻異常
忙碌，牠們的生命就是一次次長途遷徙的累積。候鳥通過長
距離飛行，從繁殖地前往越冬地，利用不同地區的食物資源
和溫和的氣候條件渡過極端難捱的季節。

這些翱翔的靈魂成就天空下的詩歌，每一節都充滿著生存的
智慧和秘密。小鳥們集結成群，以古老而神聖的律動，啟程
跨越國界和大陸；與風共舞、與雲相隨，在星辰的指引下，
跨越無盡的藍天，而山川和海洋見證牠們的不屈不撓。

黃昏　｜　牛群到哪裡睡覺

屈指一算，我由市區荔枝角搬進沙頭角荔枝窩村居住，剛滿三年。荔枝窩村是香港新界北區、吉澳海旁邊的一條原居民村落，毗鄰船灣郊野公園及印洲塘海岸公園。

偏遠落後、位置「山旮旯」是其最大特色；三面環山、一面向海。這裡沒有任何車輛可以到達，只能搭船或徒步兩小時前往。

荔枝窩村為典型的客家圍村，圍牆之外就是農田。在我的隱山小農場附近，黃牛群在山間過著浪客似的生活，群落數量時有不同，通常五六隻，少則三兩隻，也有獨行的牛。身軀龐大、動作緩慢、性情穩定是牠們的特性。

香港沒有原生黃牛品種，大多從廣東省及台灣一帶引入，昔日香港農民曾廣泛以黃牛及水牛作為耕牛。隨著過去數十年香港經濟迅速發展，自二十世紀七十年代起，本港農業式微，農民不再種植稻米，耕牛因「失業」遭遺棄。現時本港約有一千一百一十頭黃牛及一百二十頭水牛，分佈於

黃牛牛妹

大嶼山、西貢、馬鞍山、新界中部及東北部。

一隻五百公斤的成年黃牛，一天乾草的需求量約為三十五公斤，因此，讓牠們走在路上，就能夠好好控制夏日失控瘋長的野草。牠們愛吃禾本科，但經過幾年時間觀察，我發現人們口中的「綠癌」，屬於外來入侵種的薇甘菊，竟也是牛們的最愛。

牛的嘴巴幾乎無時無刻蠕動不休，不是在磨牙，而是反芻。

對於女孩來說，我們總有第二個胃來裝下飯後甜點，黃牛則更屬害，有四個胃，分別為瘤胃、蜂巢胃、重瓣胃與皺胃。

牠們低下頭，在綠油油的牧草中尋找最甘美的嫩葉，用舌頭把青草捲進嘴裡，粗略地咀嚼後，會先進到體積最大的瘤胃，混合唾液磨成細團進行發酵，再吐回口腔嚼碎一段時間，吞入食道進入蜂巢胃，集結小分子的食團，形成食糜，依次通過重瓣胃和皺胃，最後到達小腸和大腸消化與吸收。

村邊黃牛多有戒心，與人類保持距離，但也有兩隻年輕的牛經常主動靠近我，心情好時還會讓我摸摸頭。牠們睫毛修長、眼神溫柔，教我不得不想起「初生之犢」，諺語典故始於《莊子‧知北遊》：「汝瞳焉如新生之犢，而無求其故。」莊子讚美眼前的「你」有如新生小牛，達到了純真渾厚、無知所求的修為境界。

黃牛安然地生活，是這片肥沃土地上最溫和的守護者。七至八隻，大大小小。成年的黃牛肌肉結實，皮毛上那深淺不一的黃色或深褐色，在陽光下閃耀著光芒；小牛則顯得更加活潑好動，好奇的眼睛總是四處張望。

正午陽光落在田野上，黃牛群通常躺在陰涼的樹下休息。牠們慢條斯理，似乎與周遭的時間脫節，唯有那偶爾輕擺的尾巴或悠長的呼嚕聲，才提醒著世界牠們靜靜的存在。

大公牛

到底夜裡牛會在哪裡睡覺？其實沒有定案，我經常留意牛的特性，牠們在黃昏時偶爾會陷入一種迷糊的狀態，不吃草，四處張望，走兩步又停下來，這種狀態大概保持十幾分鐘，之後領航的公牛會發出巨大的低吼，待人齊後，牠們便會結伴走到當晚睡覺的位置，有時是廣場，有時是幽暗的紅樹林，也有時在廣袤的沙灘旁邊。

　　　　　　　　　　　　　　第四章　時光

作為農夫的我有時會在早上，在牠們曾經睡過的枯葉堆中鏟屎做堆肥。這時牛們會以奇怪，甚至是一種同情的眼光望向我，大概心內暗暗確認這個人類是差役，做著卑賤低下的事情。

衝突還是有的，有村民認為牛糞污糟而嫌棄，甚至投訴牛群，我卻甘之如飴，樂於成為牠們的「剷屎官」。尤其在交通極為不便的荔枝窩，外購肥料（例如雞屎肥、骨粉、草木灰等）極度困難，成本又高；此時「在地牛糞」正是我們常用的有機肥，肥力方面也不錯，隱山農場栽種的果樹皆以此作肥料，一涿屎即能為果樹提供一個月營養。有些人會先把牛屎堆放發酵再用，我則直接把他們傾倒在果樹下，讓它們自然分解，回歸樹與土。

金毛強

牛以草為食，纖維量多，正因如此，對於泥土較硬或是屬於黏質土的農田，牛糞堆肥都發揮出驚人的土壤改良力，能讓泥土變得蓬鬆而具肥力。

「你們會吃牛嗎？」我問了幾位小時候養過牛的村民，有些答「會吃」，有些則耍手擰頭說：「我絕對不吃。」「幫手耕田喎。」「日對夜對有感情㗎！」

古代中國有段長時間，牛肉被視為最高級的祭品。同時，由於牛隻是重要的農耕畜力，受到格外保護。西周規定：「諸侯無故不殺牛」。唐朝法律也曾規定：「官私馬牛，為用處重：牛為耕稼之本，馬即致遠供軍，故殺者徒一年半。」

在印度神話中，白色的雄性瘤牛是濕婆（Shiva）的坐騎，是宇宙的神性象徵，因此大部分印度人都崇拜印度瘤牛；故在城市中都可以見到瘤牛在街上自由行走，就算撞到人、吃了農作物也不會被驅趕。

黃牛可說是香港野外最易遇見的哺乳類動物。黃牛耕乾田，水牛下濕田；但隨著香港農業式微，黃牛「失業」後輾轉流浪於鄉郊。現在，牠們悠閒食草的姿態，已成山邊一道常見的風景，然而這道風景並非必然。

隨著牛隻進行絕育手術，漁農自然護理署助理署長薛漢宗透露本港在二○一八年時約有一千一百一十頭黃牛，其中

八百頭已被絕育，預料十年後（二〇三一年）流浪牛隻數目會減少一半。超過七成黃牛已被絕育，加上年幼牛犢常遭狗隻襲擊而喪命，估計這些被棄養的黃牛群，未來也難逃在香港絕種的命運。

我曾在寫作班中即席為牠們寫了小詩一首，名為〈Donna牛〉：

眼神溫柔的素食者
徜徉於翠綠草原
像感冒的少女
以濕潤的鼻子探索大地

總是帶著懶洋洋
上半山　到山腳　入村子　到海邊
閒逛
走過禾本科植物鋪滿濃綠的路

願你無憂無懼，
沒有人把你變成牛肉、
索取牛奶
不需要耕田

願你可以挑食，
選擇食菜

還是吃草

願你天天慵懶
最大煩惱只是：
決定到哪一片草地去
躺下或
嬉戲

驚青、大膽

午夜 ｜ 夜裡蛙蛙叫

據沙頭角蛤塘村村長范秤有說，蛤塘村中的「蛤」字，正是「蛙」的意思，立村之時水源充足，稻田如水塘，又見水旁多蛙，遂有此地名。我查閱《康熙字典》中有關「蛤」的條目：「《本草》蛙小其聲曰蛤，俗名石鴨，所謂蛤子也。」就是指《本草》中說蛤的身形比蛙小，又會發出「蛤蛤蛤」的聲音，故稱「蛤」。問及蛤塘村經常出沒哪種蛙時，住客張生說早上經常見到一種青綠色的青蛙，人行過了就會「噗」一聲跳落水，估計就是香港山溪常見的大綠蛙（*Odorrana chloronota*）。

大綠蛙特徵為背部呈鮮綠色，有不規則的褐色斑塊；足趾具吸盤，抓緊石頭不被水流沖走；眼睛以下位置有一道淺色橫帶；口部有乳白腺，在受干擾或有威脅時能分泌帶有臭味的毒液，嚇退捕獵者。雄雌大綠蛙體形差異極大，雌蛙比雄蛙足足大一倍。繁殖期為五月至七月。「青塘無店亦無人，只有青蛙紫蚓聲。」雄蛙咽側有外聲囊一對，在春夏季節盡情鳴唱，發出求偶歌聲以吸引雌蛙青睞；恍若單音節的小鳥細叫，可愛至極。大綠蛙常坐於山間溪流岸邊石上或草

叢中，受驚擾時即跳入水中。

至於旁邊的梅子林村則有多種蛙類，除了沼蛙（*Sylvirana guentheri*）、斑腿泛樹蛙（*Polypedates megacephalus*）、小棘蛙（*Quasipaa exilispinosa*）等，當地也有不少背部深棕、腹部雪白的大頭蛙（*Limnonectes fujianensis*）。牠們均屬中型蛙，平均體長約五十毫米；雄性頭很大，頭部約為體長一半。這種大頭蛙，在《中國脊椎動物紅色名錄》中被列為「近危」物種。

大綠蛙
Odorrana chloronota
蛙科
Ranidae

斑腿泛樹蛙
Polypedates megacephalus
樹蛙科
Rhacophoridae

大頭蛙
Limnonectes fujianensis
叉舌蛙科
Dicroglossidae

前文曾提過，我在二〇一九年曾獨居村中三個月，完成五幅生態壁畫，自始愛上偏遠鄉郊的樸素。

日間繪畫壁畫，夜裡經常手握電筒周圍行。在梅子林工作的日子有時孤獨，後來我在幾個夜裡找到一隻靈魂相應的動物，彷彿給我安慰：那是一隻缺失了右眼的大頭蛙，經常坐在小溪旁邊。相比其他梅子林的青蛙，牠並不怕人，總是九十度側身，用僅餘的單眼斜望著我。失去右眼的單眼青蛙

在野外環境中生存大概不太容易，後來的日子我竟再遇過牠兩三回。

牠有所殘缺，卻又頑強地活下來了。

我所居住的荔枝窩，田地裡常見的蛙類以沼蛙、黑眶蟾蜍（*Duttaphrynus melanostictus*）及澤蛙（*Fejervarya limnocharis*）為主，偶然會見到虎紋蛙（*Hoplobatrachus rugulosus*），俗稱「田雞」，為什麼叫「田雞」呢？李時珍於《本草綱目》說出了牠的特性：「蛙好鳴，其聲自呼。南人食之，呼為田雞，云肉味如雞也。又曰坐魚，其性好坐也。」虎紋蛙身體橄欖啡色，並且有整齊的黑色花紋，喜歡水深多草的地方，常在水邊蹲坐。

立春過後，夜來明顯地多了蛙鳴，我想起明初詩人劉基的〈絕句二首立春夜聞蛙鳴作其二〉，當中寫道：「春到草根人未覺，夜來先有蟄蛙知。」蛙類大部分的時候都安安靜靜地躲在暗處，不會發出聲音，但到了春夏繁殖期，雄蛙就會發出鳴叫，在雨後的夜晚更是興奮。不同種類的青蛙聚集鳴叫，唱出多重和聲，就是夜幕下的合唱團表演了。

余光中〈牛蛙記〉提到，他在中大宿舍裡面遇到一種呱呱低鳴的蛙：「久旱無雨，一連幾夜聽到它深沉而遲緩的低哼，不識其為何物，只有暗自納罕……一哼一頓，在山間低震而隱隱有回聲，像巨人病中的呻吟。」開始時他準備以廣闊

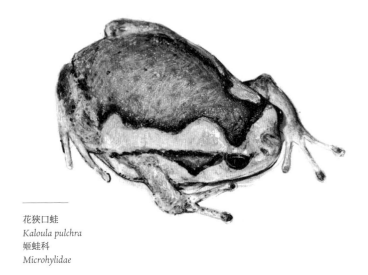

花狹口蛙
Kaloula pulchra
姬蛙科
Microhylidae

胸襟暫且接受那逆耳之聲，但日復一日地疲勞轟炸後，最終按捺不住，以肥皂水甚至滴滴涕去對付之。由於香港並沒有原生牛蛙，文章中所說的「牛蛙」，大概是本地常見的花狹口蛙（*Kaloula pulchra*）了。

嶺南大學水池一帶也有花狹口蛙出沒。某天與教授生態課的安東尼談天閒聊之際，他提起在池塘中撈得十數蝌蚪，並將牠們帶回實驗室觀察。得知我對養蝌蚪有著濃厚興趣後，便將這些小生命轉贈予我。

我在透明的玻璃缸中搭建了樸素小天地，裝置了簡易過濾系統，並放置幾塊生長著青苔的石頭。意識到這些小生物同樣需要有機碎屑維生，我便用養水晶蝦的飼料來餵養牠們。

這些對蝦糧情有獨鍾的蝌蚪，隨著日子一天天長大，充滿生機與活力。約莫二十日後，牠們的成長速度突然加快：頭部附近首先伸出一對前肢，對世界發出探索的信號；緊接著，不過一天，又長出了強健的後肢。在我幾乎未曾察覺的瞬間，或許只是半天的光陰吧，那曾經靈動的長尾巴如同被施了魔法般消逝無蹤！

在短短兩天內，這些無手無腳的蝌蚪，驚豔地完成蛻變，化作能夠跳躍的蛙。最後，在一個下大雨的初夏黃昏，我把所有青蛙，悉數放回出生地去，讓牠們開啟自己的生命故事。

一炷香　　　山中的蚊蟲

吳則禮〈寄因勝觀老〉曰：「秋晚銅爐一炷香，人間餘習未全忘。」古人認為神靈或者亡魂能吸食香氣，故在神像、神位前點燃薰香，就有「供養飲食」的意思；加上燃香時煙向天上升，故人們在拜祭時，會持香祈禱許願，祈求上達天聽。除了蘊含宗教意味，在古代一炷香也屬時間單位，燃燒一炷香約需半個時辰，大概就是一個小時了；然而現代人大多已放棄燒香舊俗，對時間抱有更清晰準確的概念，我們習慣性地把時光拆成不同的單位，碎了又碎：一年一月一天，早午晚，時分秒；「一炷香」這個在古裝劇聽過的時間單位，大概也棄用已久了。

我沒有宗教信仰，搬進偏遠鄉郊的日子，卻竟然開始燒起香來。山中澄明幽靜，蚊蟲卻甚多，一推門便給蚊子圍住，好不煩厭，只好在家門前插一炷香──但這非是上寺廟拜拜所用的幼香，而是粗如墨水筆、以艾草製成的特大蚊香。艾草屬香港原生植物，株高約一米，由於擁有強健的地下莖，生命力強頑，割了後馬上又會再生，據說把陳年艾葉直接放入布包泡水浸腳，可解濕寒，也可煉製艾草

精油，受熱後釋放出特殊的香氣，能驅蚊蟲。

我不怕蟲，但談不上喜歡，但任憑你喜歡昆蟲與否，住在山中難免需要與之共存，也必須在日常生活中以坦誠態度直視牠們。蟑螂、螞蟻、蜘蛛、蛾蝶、甲蟲……我感到恐懼時或許也能多退一步，思考恐懼的源頭：你嫌棄牠樣衰？牠污穢？或是那種無法預測的行動性？洋蔥層層剝到最後也許其實什麼都不是，我們只是回應約定俗成中「見蟲就要怕」的反應。以下幾種昆蟲，我原本不甚喜歡，卻是愈看愈可愛。

坊間普遍買到的菜大部分為「常規菜」，種植時使用農藥除蟲，部分甚至改變基因以求大量生產。隱山小田採用有機種植，「有機菜」於種植期間，我不會落任何農藥及化學肥料；作為農夫，也許就更要懂得與各種昆蟲共存，學習欣賞躍動在作物間的小生命。昆蟲及蟲洞是等閒事，只要沒有嚴重破壞蔬菜，也屬健康。

毛蟲

香港人習慣食用的蔬菜多屬於十字花科，田間我們最常見到菜粉蝶屬（*Pieri* sp.）的幼蟲，也就是大眾所講的青蟲。青蟲最多的蔬菜大概要數甘藍類的椰菜和西蘭花了。今年年初種了數十棵西蘭花，相當漂亮，卻吃不完；學生參觀我田，每人喜孜孜地拿走一棵西蘭花。當中一位男同學志

不在菜，相中了菜上的粉蝶幼蟲，一口氣領養了二十條，打算帶回學校觀察結蛹羽化的情況。

白額高腳蛛牙牙
Heteropoda venatoria
巨蟹蛛科
Sparassidae

蜜蜂

蜂蜜是蜜蜂從植物的花蜜中採集，並經過釀製而成的一種天然甜味物質。

我們在野外遇到的蜂巢多數屬於東方蜜蜂（*Apis cerana*），一般穴居於樹洞、土穴、牆洞、岩洞，或在屋簷下繁衍生息。蜜蜂有三種性型：雄蜂、女王蜂和工蜂。工蜂是生殖系統發育不完全的雌蜂，郭璞曾寫〈蜜蜂賦〉，指牠們「繁佈金房，壘構玉室。咀嚼華滋，釀以為蜜。」可謂包辦該蜂巢裡裡外外的一切事務。蜜蜂所造的「金房、玉室」，都是正六稜柱狀。這些蜂室一個挨著一個緊密排列著，中間沒有空隙，是建築學上節省資源的結構。

天氣好的日子，工蜂都會外出採花蜜。蜜蜂會用口吻舐吸花蜜，並把花粉扣在腿上的花粉籃。由於一朵花能產生的花蜜很少，蜜蜂完成一次採蜜，需要採集成千上百朵花，才能將體內的蜜囊裝滿。

採蜜完畢的工蜂回到蜂巢時，隨即將花蜜吐進蠟巢上的蜜房。再用翅膀搧風，由於蜂巢溫度高且通風，能促進水分蒸發，而蜂蜜裡高濃度的糖分，可以抑制蜂蜜發酵。經過三、四個月，當使水分蒸發到低於百分之二十以下時，就能釀製成蜂蜜了。

東方蜜蜂
Apis cerana
蜜蜂科
Apidae

樟天蠶蛾

冬去春來，立春之後，樹木紛紛冒出青翠色的新梢，樟科樹
木尤其明顯。樟樹四季常青，枝枝相連、葉葉交錯，猶如一
把巨大綠傘。中國古詩詞中不乏描寫樟樹的詩句，如唐代
文人沈亞之〈文祝延二闋〉：「樟之蓋兮麓下，雲垂幄兮為
幃」，表達了對香樟枝繁葉茂，樹冠鋪天蓋地的讚歎。

樟樹屬長壽樹種，中國大陸、台灣、日本等地都有樹齡百年
甚至上千年的巨木古樹。樟的枝葉皆有味道，當清風吹過，

枝葉之間互相摩擦，能散發香味，是優良的遮蔭樹，甚至能夠整列種植於人行道上，作為防風林使用。

木材十分適合做藝術品雕塑，也能作「樟木櫳」──即用樟木造的箱子。傳統上，父母會為每位女兒準備一個樟木櫳，於她們出嫁當日，將嫁妝放入箱然後運到夫家，因此人們又會叫樟木櫳做「嫁女箱」。樟木櫳可以防霉防蟲，不單可以放置衣服，珍貴的文件及有紀念價值的東西，都可以放在裡面。

樟樹含有天然的樟腦成分，這種物質具有驅逐昆蟲的特性。然而，大自然中總有例外，少數昆蟲種類演化出了抵抗樟腦毒性的能力。其中樟天蠶蛾（*Eriogyna pyretorum*）是典型例子。

沙頭角梅子林村附近的樟天蠶蛾也特別受到村民關注，他們知道樟樹可孕育樟天蠶蛾。每年初春交配後雌性於樟樹上產卵，經孵化後眾多藍綠色的幼蟲會大量進食樟葉，幼蟲經過多次褪皮成熟，會在樹幹上吐絲作繭，等待翌年春天羽化。梅子林村童常在此時採下蠶繭，用滾水煮熟後可抽絲做網，或純粹當作遊戲玩，看看誰養的樟蠶所吐的絲最長。

螞蟻

村中的螞蟻多得激死人！牠們觸角上有許多感應器，可以偵

樟天蠶蛾
Eriogyna pyretorum
天蠶蛾科
Saturniidae

測氣味和化學物質。當牠們發現食物時，會釋放費洛蒙，吸引其他螞蟻一起搬運食物。客家人多居山區，在早期雪櫃不普及的年代，為了更長時間地保存各種蔬菜及肉類，常會將食材拿到太陽底下曬乾，或是用大量的鹽來醃漬食材。他們會用特有的醃缸與壓菜石，以重量壓或榨的方式，逼出食材水分；接著以鹽或糖來進行封存。醃缸便宜好用，但容易惹蟻，因此發明了可以「激死蟻」的充滿民間智慧的設計。埕口有兩層，中間凹槽注滿水後便成了「護城

河」，螞蟻爬到第一層邊緣，看著食物在前，卻過不到第二層，所以稱為「激死蟻」。

客家人經常醃製的食物包括芥菜、蘿蔔、木瓜及薑等，通常以鹽醃製，但有時也會加入醋和白糖製成小食。

據說把芥菜醃成客家鹹菜時，更會用雙腳踩踏的方式來脫水，在用腳慢踩的過程中，芥菜的纖維慢慢被破壞，變得更入味；最後一層鹽、一層蔬菜交叉堆疊，填滿後在醃製缸上放上禾稈草，再用瓷碟封蓋。完成後將醃製缸上下倒轉放置。如此一來，在醃菜過程中，蔬菜所釋出的水分透過倒置的瓶子流出。醃好的鹹菜常用來燜豬肉，村民用肥瘦相間的五花肉再加入木耳來燜，鹹菜中和了五花的油脂變得順口開胃，是一道客家的家常菜。

附錄一　小說：牛妹

1

阿艾為了離開那個不算喜歡的所謂「原生家庭」，那一年，二十三歲、仍在大學主攻藝術策展的她，在不用上課的 day-off 日子，總會來到這個位處偏遠鄉郊的農場當「學農」，工資只有車馬費般的小數目，但最重要是有宿舍、包食住，讓她每星期有三兩天短暫離開一直令她不太舒適的「家」。

在這個土地和人力成本高昂的香港，農場通常只能以小規模經營，農產品產量固然不多，運輸和分銷也面臨著困難，而城市居民又偏愛進口貨……在種種困境下，阿艾覺得她所工作的農場，其實算經營得不錯了。由於地點遠離市區，又車又船，沒有太多地產發展潛力，也就少了被收地的風險；農場場地達四萬呎，內有兩位資深的老農、幾位有氣有力的全職和兼職農夫，還有三兩個像阿艾的學農。

學農的意思就是「農務學習生」，實際工作就是當農夫的助手，做些打雜小事。義工性質、地點偏遠、來回交通動輒三四小時，也就沒什麼人願意長途跋涉上山下鄉了。然而農業本身屬於勞力密集型產業，農場對於學農極為渴求，基本上只要 WhatsApp 留個言，說明自己下星期哪幾天有空，便可隨時到農場去打工換宿。

工作不外乎採集成熟紅彤彤的咖啡豆、拿著水喉到處澆水、除雜草或是翻翻堆肥之類，對於經常需要動腦筋的阿艾，以體力勞動為主的農務工作有時反而簡單輕鬆。

當時仍在大學就讀第四年的阿艾打算從事藝術策展，也算新興行業，簡而言之就是要為不同類型的展覽構思主題，並透過挑選展品表達展覽意念。策展人英文為 curator，源自拉丁語的 curare，意思是「照顧」，是十八世紀第一間博物館開幕時，對負責「照顧藝術藏品」人員的專稱。

三百年前的策展人只須負責照顧展品，但時至今日，策展變得複雜多元化，更像是一場理想與現實的拉鋸戰。同學們在學時都充滿各種浪漫願景，幻想自己為博物館、藝術中心、國際畫廊、拍賣行等大機構工作，穿著漂亮又自信地在高級展覽場地瀟灑遊走。直到畢業後落地工作，才被各種繁瑣的行政程序所擊倒：拉贊助、籌集資金、接洽參展人員，甚至小事諸如音效燈光、展場器材租借、申請保險，媒體發佈、文宣設計等都得處理……如果客戶沒有金錢預算，策展人甚至得自己動手做。

阿艾擁有一雙深邃眼睛，長髮如黑色瀑布，但為了整潔，經常盤成髮髻。她當然也曾幻想成為畫家或設計師，但很快便意識到自己並不是擁有很高藝術天賦的鬼才，而且一份全職工作，更能帶給她安全感。

她追求完美的佈局和秩序，善於掌握空間，對細節非常關注，這些性格特點有助她將不同的藝術作品糅合，創造獨特而引人入勝的展覽氛圍。

陽光落在中上環的高樓大廈上，玻璃幕牆映照出耀眼的藍白冷光，反射到車來車往的街道上。名牌商店的櫥窗裡陳列著高級商品，人們身著各式時尚服飾，匆匆忙忙地走過街頭巷尾，忙碌於工作和生活之間。

擁擠的城市是充滿活力和機會的舞台，在這裡，人們忙於創造和追求自己的夢想。

2

假如。

生命是場展覽，由自己策展，大概每個人總有些生命歷史，不方便也不願意談及。

「原生家庭」對阿艾來說無疑是段必須隱去的黑歷史，一塌糊塗、無法挽回。在她五年級十歲那年，父母離婚了，父親搬走，她跟著母親同住。她依稀記得起初父親偶爾會帶她出去玩，踩單車或是釣魚什麼的，後來聽說結交了新女朋

友，就跟母女倆少了來往。父親一直都有給予她們贍養費，但通常並不準時，數目也細，母親為了養起頭家，也必須埋首工作，多賺一點錢。

因此阿艾從小就懂得自立，返學放學都是獨自一個人，回家用微波爐叮波仔飯，食完做功課。母親忙返工，家中沒有多餘錢讓她補習，測驗考試要自己應付。每星期學校中英文默書，童年的阿艾就學懂用錄音筆把默書內容錄下來，播放，自己讀默。阿艾性格孤僻，沒什麼主見，很少表達自己的想法，尤其不喜歡提及家事，認為並不光彩，也害怕被其他同學小看、指指點點，甚至欺負。

阿艾跟母親的關係不算好，也不太差，只是非常疏離，各有各忙。就算是阿艾十二歲時初次來月經，也沒有告訴母親，只是把衛生紙摺起來放在內褲內墊著，然後到屈臣氏學習買衛生巾。

阿艾從來沒有怪責母親，母親又要工作又要照顧家務，實在疲累；但少女總有心事，她有時也想跟其他女同學一樣，跟自己母親說說學校的瑣事、談談是非，只是跟母親「說心底話」實在不大舒服；加上阿艾早已習慣堅強獨立，隱藏情緒，再轉個念，何況學校裡的是是非非，說出來也沒有用，太「小學雞」。

再過三四年，她注意到母親有時在假日打扮得花枝招展、濃

妝豔抹地外出，估計也想像父親一樣找個新伴侶吧。阿艾是明白的：對於錯失、遺憾的事情，很多人都希望能再有一次機會，推倒重來，翻一翻盤。大概處理婚姻困局上亦是如此，以再婚作為生命中的 second chance。

後來母親真的找到一位 uncle 跟她重新談戀愛，有次更煞有介事地帶回家食飯，只是阿艾在飯桌邊渾身不自在，甚至可說是毛管戙，扒了幾口飯，就覺得需要回書房休息。

父親再婚，母親也有新伴侶了。阿艾難免有這樣的想法：寧願變回卵巢中那堆未受孕卵子的其中一粒——反正她沒出生才是最好。

3

偏遠鄉村除了滿眼綠色農田和風水林大樹，居然還有牛。她彎身拔草的時候，一群牛往往就會在身邊經過。牛群不大不小，通常九隻左右，有黃有黑，有公有母，有老牛也有年輕的。牠們在狹窄的鄉村小路站成一直線，排隊前行，她覺得有趣極了，是城市難以見到的風景。

牛的性情穩定，通常都安靜，就算牛隻之間偶有爭執，也是靜靜地推撞，不像人類小小事就大呼小叫。唯獨到了黃

昏，領頭公牛才會突然發出幾口巨大而悠長的低迴聲，響徹鄉村和農田，呼喚四面八方的牛群，然後一起結伴到什麼安全而神秘的地方過夜。

據說香港沒有原生牛品種，大多從廣東省及台灣一帶引入，昔日香港農民多種稻米，曾廣泛以黃牛及水牛作為耕牛。隨著過去數十年香港經濟迅速發展，自二十世紀七十年代起，香港農業漸趨式微，農民不再種植稻米，耕牛因「失業」而遭遺棄。現時在鄉間遊走的黃牛，正是那些「失業大軍」的後代，牠們四處為家，在山間過著浪客似的生活。

4

阿艾抬頭，置身一片與世隔絕的天地。

微風吹拂，禽鳥棲息於茂密叢林，蘆葦的花葉落在水池中，小魚小蝦在漣漪中歡快暢泳⋯⋯遠離喧囂、地價低廉之地，總是野生動物們安居落戶的好地方。

那是一個風和日麗的秋天下午，一排排整齊的咖啡小樹在原生大樹下佇立著，繁茂的對生葉片在微風中輕輕搖曳；陽光透過藍天灑照大地，勾勒出樹影交錯的美麗圖景。

阿艾穿著樸素的工作服蹲在地上除草，戴上手套，細心為每棵咖啡樹撥出一圈乾淨的土壤，然後從肥料袋舀出滿滿一勺有機顆粒，均勻地灑在泥土上。完成除草和施肥工作後，阿艾早已汗流浹背，打算喝口清水，滋潤一下乾燥的喉嚨，卻發現水樽空空如也。她站起來，拍拍身上的泥塵，動身返回宿舍，卻在經過村口門前，感到一道異樣的目光緊緊追隨在自己身上，轉身，竟見到一頭小母牛定眼望住她。

那是她跟「牛妹」第一次四目交投。

阿艾從來沒有仔細看過一雙牛的眼睛，汪汪晶瑩，有很長很長的眼睫毛，身上黃色皮毛細膩有光澤，宛如天然的藝術品。這真是一頭與別不同的黃牛，一般牛看到人，通常會警戒地、頭也不回地走開，這頭擁有黃色毛髮的年輕母牛，竟然一動不動、直勾勾地望著她，而眼神如此溫柔，甚至整個表情是笑咪咪的。

村邊有小溪緩慢流淌，發出細碎水聲。村頭古老牆壁屹立不倒，表面斑駁但質感厚重。一隻微小的蜜蜂在兩者中間嗡嗡地穿梭。

阿艾與牛妹對望了兩分鐘。

大概從那個對望開始，兩個物種跳出隔閡，發展出某種微妙而特殊的連結。

阿艾問：「你想跟我表達些什麼嗎？」

牛妹只是微笑。

理性的阿艾卻馬上糾正自己的想法——那大概並非「笑容」，而是黃牛本身的形態，只是看起來似在笑。就像公眾經常「老屈」極危珍稀、屬國家一級保護動物的江豚，見牠嘴角上揚，就紛紛說是「天使在微笑」，實際上江豚和其他鯨豚一樣沒有表情，「笑」只是人類一廂情願的想法。

活躍於城市中心的阿艾，沒想到自己某天會跟鄉下牛成為朋友。

牛妹站在農場圍欄外，眼定定觀察工作中的阿艾，一看就是十分鐘。牠很親阿艾，阿艾認為原因很簡單：她會動手幫牛妹抓癢。

母牛有角，但由於牛妹只有三歲半（這是其他村民告訴她的），未成年，額角旁邊伸出的，是一對微微突出的三角形小鈍角。牠平平的額頭長著金色短毛，阿艾用手摸下去，感覺像小小的地氈。據她自己觀察，哺乳類動物如貓、狗、兔子，都喜歡被摸頭，牛也喜歡，只是因為身形太龐大，其他人不敢去碰，加上身上有大量蒼蠅甚至吸血牛虻，更令人避之則吉。

面對各式各類纏繞的昆蟲，四蹄踏地的牛隻只能用尾巴去

驅趕，然而尾巴有固定長度，頭部、上半身和肚子底下尾巴揮不到的地方，統統成為被蚊蟲叮咬的目標。

因此，人類的撫摸自然是牛隻所喜愛的。然而不同物種之間自有隔閡，信任的建立談何容易？牛妹卻不知為何，敢於走向人類阿艾，並敞開心扉。

這點也是極為異常的。

阿艾是理性多疑的人，對於「人牛感情」及「牛的智商有多高」，最初也有疑問；她曾多次刻意躲藏在牛妹看不到的暗角，呼喚牛，藉以測試動物是否真能認得自己名字。但這種測試無疑是多此一舉，牛妹每一次回頭的速度，都是那麼迅速和篤定，甚至經常顯露一種「找我什麼事」的神情。

5

「除草」也是學農每天重複的日常工作。據資深老農夫所說，雜草防治是耕作的重要部分。雜草看似微不足道，卻會與農作物競爭養分，甚至成為病菌和害蟲的溫床，嚴重威脅作物健康。

雜草固然可以用打草機去除，速度最快，卻只能僅僅把草剃

短。萬惡的雜草總是伺機而動，一場大雨便能重新佔領土地，要令它們徹底消失，惟一方法是親自動手將它們連根拔起。

中午時太陽達到巔峰，垂直地曬落頭頂；汗水從她的額角瘋狂滴下，整個天靈蓋是滾燙的。追求完美秩序的阿艾討厭雜草，那些徒手拉扯雜草的具節奏的動作，彷彿變成某種情緒宣洩。

每次除草完畢，她總習慣將草堆成大草堆，然後進行儀式似地點火焚燒，直至一切化為灰燼、灰飛煙滅。

阿艾天生沒有完整家庭，長大後覺得自己可以組織一個，而且愈快愈好，追回十年缺愛的光陰。但這個「快」卻導致生命中另一個重大失誤。

讓她一頭栽去愛的是她的初戀，對象是一名大專老師，薪高糧準，年紀比她大九年，在設計系任教，與她的工作不謀而合——她甚至覺得日後能在工作上為她開路。

他們在一個設計聯展上因工作而認識，聊著覺得投契，便交換了 IG。幾次約會後，她覺得他整個 package 很好，就接受追求、走一起了。

直到交往一年後，她有次發現遲經，又出現電視劇經常出現

的那種誇張式嘔吐，驗一驗，懷孕了。

她覺得二十四歲當媽，雖然偏早，卻也是適齡，就順勢跟男友討論結婚事宜。但他覺得「有點早」。

「不是說好懷孕了就結婚？我們也一起一年多了。兩人都有穩定收入。」對方卻在尖沙咀的地下隧道沉默不語。

「你意思是叫我落咗佢？」阿艾質問的聲音在隧道空間迴盪，其他路人向他們投來目光。

然後世界又復一片靜默。

阿艾激動地轉身要走，她的男友「聽我講⋯⋯」了句，但竟然沒有從後追上來。

他居然沒有追來。

隧道內充滿她焦慮的腳步聲，每一聲都震撼。這是她頭一遭覺得生命破碎，不，大概是第二次──第一次是她十歲那年，聽到父母要離婚的時候。那時小小的她覺得「不會是真」，直到一個月後父親搬離居所，母親噙淚把結婚照片棄於垃圾站，她才開始相信那是定案；但其後三兩年，小孩子仍然天真地抱有「父母會復合」那種不符現實的幻想。

她摸著感傷的腹部，臉龐蒼白，在縱橫交錯的地下隧道流

淚，但因為四周有人，空間有迴音，她不敢哭出半點聲音來。直到走出陰冷的隧道，回到地面，轉入行人零落的舊街道，才開始發出細細碎碎的啜泣。

尖沙咀表面風光，暗藏破落，疫情過後經濟翻身不能，街道兩旁多半蕭條，牆身被時光侵蝕而顯得斑駁不堪，玻璃窗戶，蒙塵褪色。她想起他的沉默，心裂成一塊塊鋒利碎片，散落在寂靜的街道上，再也無法拼湊。

她步履匆匆，目光閃爍不定，臉上帶著憂傷，而腹部懷著脆弱秘密。舊街道行人急急走過，無人發現阿艾的感傷。

後來有位推著嬰兒車的外籍女士竟然注意到她流淚的臉，憂慮地攔著她，雙手搭在她肩膀，問她是否身體不適，又堅定地說要送她回家。

不知所措的阿艾婉拒了好意，擦乾臉上眼淚說「自己可以獨自回家」。臨別前外籍女士給予她悠長深刻的擁抱，很沉穩很用力，一種連她的親母也從未給予過的擁抱。

6

當阿艾慢慢把手心細緻地放在牛妹的額頭上來回撫摸，牠的眼淚便不停湧出，淚流不止像暴雨後崩決的堤。

阿艾想起她曾經聽過一些質疑：說牛沒有感情、兩星期後會忘記斷了來往的人類的樣子，或是說牠們那些眼淚根本只是因昆蟲和沙塵引發的反射式淚水，但，這一刻她深信質疑都是錯的。

這頭三歲半的牛妹，剛剛被群內另一頭年紀相若的公牛窮追猛打，不是追求的追，而是真的毆打那種打。性格倔強的牛妹當然奮力抵抗，幾回迎頭回撞，但雌性的年輕牛妹只有小角，公牛角大也尖，結果顯然易見——牛妹落得滿身傷痕。

阿艾從宿舍拿出消毒用的藥水，噴在牛妹身軀幾道兩三吋長的血痕上。牛痛苦時是沉默的，不像村狗，會嗷嗷哀鳴。另一頭雌性小黃牛陪著牛妹，在旁邊靜靜地吃草。她倆是牛群中的弱勢分子。這些在幾條村之間遊蕩的牛共有九頭，以毛色劃分有兩種：黃色和黑色。當中只有牛妹與雌性小黃牛的毛色為「黃」，其餘七隻均是「黑」。

她又發現每當牛妹翹起尾巴開始撒尿，一些公牛就會走過去聞那尿的味道，然後露出很 high 的表情。牛群內有一隻剛踏入青春期的小公牛「金毛強」，竟然走去擒牛妹，牛妹發脾氣了，追著金毛強去撞。然後阿艾忽然明白：牛妹與公牛金毛強見血打鬥，大概就是抗拒著金毛強的性侵犯。

繁殖期的公牛經常衝撞決鬥，村裡遂有人建議為那些牛絕

育。阿艾認為絕育的焦點應集中在動物福利和道德層面；絕育手術真的對動物「好」嗎？人類是否有充分的道德理由來替動物作出這個重大決定？

以個人情感來講，阿艾其實也看不慣母牛被侵犯，本身想說贊成，贊成閹掉那些公牛。後來翻查資料，才知香港約有九百隻黃牛，近八成已絕育；牛的壽命二十年，估計到二〇三一年，整體數量只剩一半。她想想就覺得，「不如算了」。然而這個「算了」，又是對牛妹最好的決定嗎？

7

三個月的限期已到，如果需要動人工流產手術，便是最後機會；但她其實早已落下決定：當男人沉默不語，以沉默拒絕為孩子組織完整家庭的那一刻，她必須決斷地斬纜分手。

一個冬日午後，她站在公司天台上，吹著風，遠望都會核心區的城市景色：燈紅酒綠，一切似乎依舊繁榮漂亮，她閉眼深深吸口氣，卻只感到噁心。公司工作量太多，加上突如其來的身體變化，她辭職了。

身心疲憊的她給自己幾個月時間休息，但單單坐在家又覺得不安，也害怕母親會發現什麼，於是她又回去當學農。

二月是全年農場工作量最少的日子，老農夫們在冬季休息期中重新充電，他們喝著熱茶，計劃著即將到來的春季種植大計。學農阿艾只須為植物用心澆水，並準備春播培苗的種子便可，大概也是她休養生息的時光。

Curare 是「照顧」的意思，她喜歡「照顧」任何東西，當然包括植物。阿艾喜歡澆水，她在過程中總是模糊地回憶起兒童時代與父親到遊樂場的情景，懷念那種投入硬幣就能操控水槍，在射水遊戲中暢玩十分鐘的快樂。當水柱命中裝置，例如旋轉木馬或標誌物，機動玩偶就會迅速轉動起來，伴隨歡快的音樂。

農場處於空曠環境，每天足足有十小時日照，風高物燥，植物在強烈日照下無處可躲，葉片承受著毫不留情的曬灼而紛紛無力下垂。此時阿艾把清水澆到植物上解決它們的需要，會有一種施捨的感覺。

策展人就是給觀眾「講一個故事」，在策劃展覽之初，必須明確了解展覽目的，然後動用協調、管理和運籌能力，將一切都 manage 好。她 curare 植物，她 curare 展覽，卻自覺卑微，完全無法 curare 自己。

生命如果由阿艾自己策展，那麼，應該是一個什麼樣的展覽？要如何放置展示品？Description 如何寫？又有哪些部分需要保持緘默甚至刪除？

父母的離異是她生命中的缺陷，先天而沒法完整的缺角；現在她生命中再度出現另一隻崩角，今次卻是自己的失誤，格外焦慮，更無法釋懷。

<hr />

8

<hr />

結果，休養生息的日子沒想像中悠長，經過一個多月休息，她又重回原本舊崗位，老闆為了挽留，特地打了好幾通電話，勸說像阿艾般年輕能幹又善解人意的員工，根本是天生的策展人才，願意提高三成人工，增加五日有薪年假。

彷彿從沒發生任何事，阿艾重新穿著簡潔俐落的服飾，保持微笑，穿梭在熙熙攘攘的人群中，優秀而無懈可擊地處理各項工作。

阿艾偶然會不自覺地輕撫感傷的腹部，但她慶幸自己是個人，還有選擇的機會。

牛妹卻不。

再過幾個月，牛妹的肚子已經長得非常非常大，就像一個人類孕婦，走路時要慢慢行，每走一段路還會喘氣，甚至累得要慢慢跪下來，然後整隻平躺在翠綠的草地上。

牛的懷孕期約為二百八十天，即九個多月，每次只產一子，與人類相近。這是牛妹的第一胎，對任何雌性來說，生子就是生命的損耗。阿艾悄悄走過去，在牛妹旁坐下來，輕撫那溫暖巨大的肚皮，手心輕輕上下滑動，感受胎兒在身軀中隱約地跳動成長。

為了確保分娩時不受騷擾，牛妹再度離群，經常獨自在某些暗角食草，也經常出現在她的田旁邊，等待阿艾除草後丟出圍欄外的新割青草。牛妹不吃菜的。她試過拿小白菜和野草到牛妹面前晃，讓牛妹自己選擇，結果牠還是安份地選了草。

9

阿艾變得非常重視農場 WhatsApp 群組中的訊息，甚至向農場同事交帶：如果有牛妹產子的消息，請務必馬上告訴她。大概沒人想過在中環返工、天天穿靚衫高跟鞋、舉酒杯或咖啡杯跟洋人打交道的阿艾，竟然心心念念鄉下那一頭母牛。

數天後的早上，一段 WhatsApp 片段給傳來：初生牛仔笨拙地站立起來，眨巴著濕漉漉的眼睛，觀察周圍的大世界。那是一頭黃色小小公牛，唐狗似的大小，蹄子在雨後濕泥上留下深深的痕跡，彷彿告訴大地，牠已經到來了。牛妹

一夜間變成母親，時而注視牛仔，又時而望鏡頭，眼中充滿驕傲。

阿艾恨不得馬上跑到鄉下去摸牛妹的頭，稱讚牠：「牛妹好叻」、「你做得很好」，卻因正在應付科技設計展，遲遲未能成行。

等團隊佈展完成、展覽正式開幕、她忙碌地迎接觀眾和傳媒、解讀展示作品、引導他們進入藝術世界、與參展商老闆們一一打招呼、逐一傾聽反饋和感受……過後，才能勉強擠出時間，在 WhatsApp 群組留下「我這幾天進村幫手」的訊息——這已是牛妹產子後幾星期的事了。

10

她事後的確經歷一番情緒上的衝擊和掙扎。

實地看到牛妹母子後，阿艾心中的期待瞬間破滅了。她原本以為母牛會童話故事般無限地奉獻耐性和愛，去哺育初生兒子，然而現實未必符合心中最初的美好設定。

廣袤草原上，小牛的眼神充滿渴望和困惑，因為牛妹並沒有像其他小牛母親那樣願意餵奶。小牛經常埋身啜了幾口，牛

妹便走開，讓牠的兒子孤零零地站在青翠草地上。

「牛妹經常不餵仔，牛仔瘦蜢蜢的。」「育兒就是女人天職，怎麼會有牛不理兒子的？」母慈子孝一直被視為至高無上的價值觀念，對於牛妹經常把兒子丟下、疏忽照顧這件事情上，總是換來村民一面倒地指責。阿艾覺得有點荒謬，原來牛隻也難免要扣上人類的道德枷鎖呀，卻沒有人想過，也許這頭母牛經歷了什麼困難和創傷，使她無法展現母愛。

對任何事都認真探究的阿艾為此找過資料，某些網頁這樣寫：母牛可能面臨健康問題，如乳房感染、乳腺炎或其他疾病，會導致奶量減少或奶質下降。另外犢牛吮吸困難、牙齒問題等，也可能導致母牛不願餵奶。

當然，她同時想起當初讓牛妹決定離群、那頭侵犯牛妹的金毛強。

阿艾隱約感覺到自己內在盪漾著複雜矛盾的情感。村中有人提議不如把牛仔「收編」，用超市購買的鮮奶養大再算，但阿艾反對，表示牛妹可能基於各種原因不願餵仔，而這並不代表她沒有美德或無法好好養育下一代。人類飼養小牛固然可以提供更加精確的飲食控制和照顧，但不就剝奪小牛學習尋找食物和與其他牛群成員互動的機會嗎？

時光作證。

在母親的「野生放養」、「疏忽照顧」下，小牛在一個月稚齡，竟也真的學懂自立自強、自己食草。在這片草原上，小黃牛開展一段與植物的親密關係。牠彎下頭，用柔軟的口腔咬合青草，原野上豐盛綠色成為母親以外的乳房，草葉散發出誘人氣息，彷彿告訴小牛：它們能夠滿足草食性動物充飢的需求。

小牛用牠的小白牙輕輕咀嚼草葉，一縷陽光灑在皮毛上，渾身散發淡淡金色。小牛的身體逐漸得到滋養，肌肉變得結實而有力，儘管沒有母牛的溫暖乳汁，卻在這片草原上找到自己的生存之道。牛的嗅覺天生靈敏，牠漸漸學會辨別不同種類的草，並選擇最為嫩綠多汁的部分，以嘴唇和舌頭輕輕觸碰，細味不同的味道。

牛妹仍然是那頭我行我素的食草動物。喜歡走到哪裡就哪裡，瘦蜢蜢的兒子跟在後面，而牠通常不回頭。人類世界雖然議論紛紛，但道德枷鎖從來沒有制約牛妹的行動。阿艾走去摸摸牛妹的頭，牠歡喜時便站定定讓她摸，不耐煩時就露出厭棄的表情，轉身就走。

經過一星期鄉下的暴烈日曬，阿艾的皮膚洗去城市的蒼白，重新變得黝黑，又因為需要長時間揮動沉重農具，纖幼上臂幾乎被訓練出二頭肌。

週末回家時碰巧母親正打算外出。年近五十的母親打扮得花

枝招展，徐娘半老卻努力保持著時尚狀態，畫好了眉，又塗上了微紅的唇膏。看著母親離家外出約會的背影，阿艾還是一如既往地保持距離，內心依然複雜，眉頭卻比以前寬容半分。

11

策展人繼續忙碌而自信地穿梭各個展覽空間。她準確地調整燈光的角度和亮度，確保每件展品都能以最佳的方式現示。她一身簡潔優雅的黑色套裝，專業又充滿時尚氣息；眼神靈動而犀利，試圖捕捉每一件作品所蘊含的靈感和故事，用力地創造引人思考的藝術空間。

繁忙的城市生活讓阿艾誤以為鄉村故事經已完結。豈料半年之後，香港來了一場超強颱風，颱風刮了三天兩夜，達到十號颱風水平；群組裡一個「農場要人」的訊息，竟又再次把阿艾送到四面環山、有野豬有野牛的郊野環境中。

颱風過後場地一片狼藉，田裡不論果樹、農作物、雜草基本上都往同一個方向倒下；但在阿艾與別不同的藝術目光中，居然看出某種頹敗又統一的毀滅美感。

阿艾心急地想要點算牛群，在田裡一邊扶正倒下的植物，一

邊不停掃視著遠方山脈，期待著牛群的安然歸來。等了兩天卻一無所獲。她以理性安慰自己：野牛有上山避險的本能，每當颱風暴雨來臨，會聚集並移到避風山谷中，靜靜地等待風暴過去，直到感到安全，便會落山返回平地。

終於，在漫長的等待之後，牛群在颱風後第三天早上，在農場前出現。牠們從山谷中走出，穩定而有序地向著平地前進。阿艾頓時放下心頭石，感到喜悅和安心。

她一遍又一遍地數，逐隻唸出牠們的名字，然後不幸地發現，原本有十隻的牛群，現在只剩下九隻，缺了那一隻，正是牛妹所生的兒子。阿艾倒抽一口涼氣，在心中盤了最壞的打算——大自然裡，牛犢無法平安渡過強勁的十號風暴。

金黃色的曙光以低角度橫掃農田，有時無法立刻判斷那是朝早抑或黃昏。但事實上是有分別的。早晨的空氣經過一夜沉澱，帶有難以言喻的安穩，黃昏的空氣卻仍然夾雜人世間的混濁。

日出時分，在農場的靜謐中，微風輕拂著樹的枝葉，帶來了一絲絲濕涼的氣息。她知道，這幾天牛妹每日都在找她。最近她每早下田工作，發覺門前那幾行正在栽種的玉米，每棵均不偏不倚地被咬一口，今日短一點，明日又再短一點，而其他農作物因為牛隻小心翼翼地避開，而安然無恙。

也許牛妹是認真去找她的，才會每天都這樣煞有介事地把玉米認真咬一遍，告訴她：「我曾經來過」。

但阿艾近日必須處理剛採集的成熟咖啡果實，經常留在室內；她總是找些藉口往外跑，只是牛妹行蹤向來飄忽不定，幾天以來，彼此無法遇上。

直到某個傍晚。天色經已昏暗，宿舍門外有路人經過，感應燈忽然亮起來。但阿艾明明記得今晚只有自己留宿呢。走到門邊窺探，卻見一頭大牛的身影掠過眼前。

牛蹄在混凝土行人路踩出焦急的聲音，牠在幽暗的圍村內行來行去，尋找什麼似的。

阿艾走出屋外，追蹤牛妹身影。只見牠無視村口那幾頭狂吠的惡狗，站在村口牌坊的位置躊躇張望，而乳房微腫——是的，孩子失蹤接近一星期了。

牛的某些舉動是她不理解的，例如天色入黑之前，牛群會突然陷入一種迷糊狀態，眼神呆滯，抬頭張望遠方，然後一動也不動，入定發呆好幾分鐘。

形單影隻的母牛在迷糊中，忽然想起什麼，發出幾聲呼喚孩子的獨特低鳴。

「牛妹！」阿艾從後把牠叫住。

橘紫色的晚霞中，牠回頭，在圍村牌坊紅燈籠的映照下，她看見牛的一雙眼睛滲出兩行淚水——也不能確定是情緒，抑或眼角那幾隻蒼蠅所導致的結果。

阿艾慢慢走向牛，在石牆邊隨手扯了一把牠最愛的薇金菊，給牠餵食，又輕輕撫摸著牛妹的頭：「是的，我已經知道了。孩子不見了。」

阿艾抱著牛妹的頭，彼此貼著額，也落了淚：「我們的孩子都不見了。」

牛妹低下沉重的頭顱，眼淚湧出如同一道無聲的河流，灑落在孤獨的蹄印上。

「不過牛妹，妳才四歲呢。日後還有很多時光。」

阿艾伸出手指，點點牛妹的銳角：「你知道你的牛角現在變得尖又長嗎？往後的日子裡，你可以選擇為哪隻公牛再生一隻小牛，但如果不喜歡的話，也可以用這雙漂亮的角撞飛牠。」

阿艾未能確定牛妹能否理解如此複雜的內容，但她也只能用人類的語言儘量去解釋。

黃牛是流浪族群的後裔，並不屬於任何人，因此她不會給牠釘上鼻環，然後穿根約束的麻繩，像寵物般圈養。那晚牛妹決定在村前一幅小草地過夜，阿艾就坐在旁邊靜靜陪著牠，直至星光漸現，四周完全漆黑。

牛妹直率野性，從不說話、不曉理論，卻也懂得必要時反抗，或適時順從命運。

阿艾從沒想過自己會為一頭畜生許願：「但願牛妹有權。」牠可選擇結黨或者離群，選擇到哪一片草地躺下或嬉戲，選擇餵奶不餵奶，食菜還是吃草，讓不讓其他人去摸頭。

她將永遠記得：草地的邊緣，那頭溫和的牛兒緩慢地跪低，將四肢藏在身軀下。皮膚不自主地在微風中輕輕跳動。

牠側頭，一寸一寸細緻地舔舐著自己的皮毛，動作溫和而有節奏……母牛眼神透露著平靜，呼吸漸漸放緩，彷彿舔舐不僅是對身體的呵護，也是自愛的一種方式。

接下來的數天牛妹繼續流淚不停，黃色的頰毛總是留下兩道深色濕痕，到第五天左右，眼淚慢慢止住了。

風吹過，牠走到遠方，正常吃草去。

完

二十四節氣

立春	二月三日或四日	二十四節氣之首,象徵春天的開始。從此日一直到立夏這段期間都是春季。
雨水	二月十八日或十九日	表示降雨量漸增,春雨綿綿。雨水時氣溫會逐漸上升、冰雪會融化為水。
驚蟄	三月五日或六日	驚蟄象徵春雷初響,萬物復甦之景象,不論害蟲或益蟲都會全部甦醒,因此也延伸出民間「打小人」驅趕霉運的習俗。
春分	三月二十日或二十一日	為春季九十天的中分點,即白晝和黑夜時間一樣長。春分氣候變化較大,氣溫相對也較不穩定,因此人或作物很容易於此時生病或感染病蟲害。
清明	四月四日或五日	天氣開始和暖,景色清明,但氣候仍不穩定,冷熱無常的氣溫變化也較大。

穀雨	四月十九日或二十日	穀雨是春季的最後一個節氣，氣溫回升，雨水也明顯增多，有利於穀類作物的生長發育。
立夏	五月五日或六日	表示夏天的來臨，日照增加，逐漸升溫，陣雨和雷雨也明顯增多，萬物進入旺季生長的一個重要節氣。
小滿	五月二十日或二十一日	暴雨增多，諺語「立夏小滿，雨水相趕」，小滿中的「滿」指的是雨水之盈。
芒種	六月五日或六日	芒種的到來，代表正式進入盛夏，天氣炎熱，空氣濕度偏高，而且較為悶熱。芒種後，也意味著一些地區將迎來豐沛的雨量。
夏至	六月二十一日或二十二日	夏至當天，太陽直射北迴歸線，是北半球一年白晝最長而黑夜最短的日子；此後白晝會逐漸變短，黑夜會逐漸變長。
小暑	七月六日或七日	小暑代表即將進入全年最熱的時期，加上潮濕容易滋生黴菌。相傳古代民間會把衣服、棉被、書籍等拿出來在太陽底下晾曬，以便防潮、防蟲，也能抵擋掉晦氣。

大暑	七月二十二日或二十三日	夏天最後一個節氣，也是一年中最炎熱的時間。
立秋	八月七日或八日	意味夏天逐漸過去，秋天即將到來，天氣逐漸涼爽。立秋後，每下一場雨，氣溫就會變得再涼爽一些，也有「一場秋雨一場寒」的說法。
處暑	八月二十二日或二十三日	處暑的到來表示暑氣漸退，秋天將近，秋風涼涼，夜晚的溫度也會開始下降。
白露	九月七日或八日	秋意漸寒，晨露增多，氣溫大幅下降。
秋分	九月二十二日或二十三日	秋分這天，晝夜平分，白天和黑夜的時間相等。秋分後，涼意更明顯，是秋高氣爽、美好宜人的時節。
寒露	十月八日或九日	已入深秋，冷空氣加強，露水凝結成霜，同時植物也會進一步凋零。
霜降	十月二十三日或二十四日	秋季最後一個節氣。霜降後，天氣漸冷，降霜也更明顯，地面可能出現霜凍，意味著冬天即將來臨。

立冬	十一月七日或八日	冬季正式開始。
小雪	十一月二十二日或二十三日	受到東北季風影響,常有強勁的風勢,氣候寒冷,開始降雪,但雪量不多。
大雪	十二月七日或八日	所謂「小雪醃菜,大雪醃肉」,古時並沒有雪櫃,難以保存食物,古人會在這天醃肉儲藏食物,以度過寒冷的冬天及迎接新年。
冬至	十二月二十一日或二十二日	冬至這天,太陽直射南迴歸線,是北半球一年白晝最短而黑夜最長的日子。
小寒	一月六日或七日	表示著開始進入一年中最寒冷的日子。小寒屬農曆十二月的節氣,十二月為「臘月」,初八民間流傳吃臘八粥的習俗。
大寒	一月二十日或二十一日	大寒是二十四節氣中的最後一個節氣,人們會在此時為迎接新年而作準備。大寒酷寒極冷,和小寒是一年中最寒冷的時期。

十二月令

端
月

一月：

端乃開頭之意，故一年之始為端月。

花
月

二月：

百花盛開，因此稱為花月。

桐
月

三月：

梧桐、油桐盛開，所以稱為桐月。

梅
月

四月：

梅子成熟時，常陰雨綿綿，所以又稱梅月。

蒲
月

五月：

暑氣之始，民間習慣插艾草、菖蒲驅邪，所以稱蒲月。

荔
月

六月：

荔枝約在農曆六月時成熟，所以稱荔月。

瓜
月

七月：

七月瓜果成熟，所以稱瓜月。

桂月

八月：

桂花盛開季節，所以稱桂月。

菊月

九月：

九月為菊花盛開季節，所以稱菊月。

陽月

十月：

又稱小陽春，所以稱陽月。

葭月

十一月：

葭即蘆葦，在秋天開花，所以稱葭月。

臘月

十二月：

在家裡醃製臘肉準備過春節，所以叫臘月。

責任編輯

　　羅文懿

書籍設計

　　姚國豪

書名

　　隱山：山居日月筆記

繪著

　　葉曉文

出版

　　三聯書店（香港）有限公司

　　香港北角英皇道 499 號北角工業大廈 20 樓

　　Joint Publishing (H.K.) Co., Ltd.,

　　20/F., North Point Industrial Building,

　　499 King's Road, North Point, Hong Kong

香港發行

　　香港聯合書刊物流有限公司

　　香港新界荃灣德士古道 220-248 號 16 樓

印刷

　　美雅印刷製本有限公司

　　香港九龍觀塘榮業街六號四樓 A 室

版次

　　2024 年 7 月香港第一版第一次印刷

規格

　　大 32 開（135mm x 195 mm）232 面

國際書號

　　ISBN 978-962-04-5478-3

三聯書店
http://jointpublishing.com

JPBooks.Plus
http://jpbooks.plus